刑事ダ・ヴィンチ2

加藤実秋

双葉文庫

目　次

主な登場人物

南雲《なぐも》士郎《しろう》（48）……楠町西署の刑事。東京藝術大学美術学部絵画科卒。レオナルド・ダ・ヴィンチを敬愛し、「ダ・ヴィンチ刑事」の異名を持つ。アートの知識を活かし、長らく警視庁刑事部で美術品関係の犯罪捜査を担当してきたが、楠町西署に飛ばされ、十二年ぶりに小暮とバディを組むことに。グルメで、超マイペースなお喋り好き。

小暮《こぐれ》時生《ときお》（38）……楠町西署の刑事。三女一男と実姉と賑やかに暮らす。十二年前、南雲と共に捜査していた連続猟奇殺人事件「リプロマーダー事件」の容疑者を取り逃がしたことにより、捜査第一課から所轄に左遷された過去を持つ。とあるきっかけからリプロマーダーは南雲なのではないかとの疑いを持ち、密かに捜査を続けている。

村崎《むらさき》舞花《まいか》（29）……楠町西署刑事課長。東京大学法学部卒のキャリア組。

井手《いで》義春《よしはる》（52）……楠町西署の刑事。時生の元相棒。噂好き。上司の村崎を目の敵にしている。

剛田《ごうだ》力哉《りきや》（26）……楠町西署の新人刑事。最先端の流行に詳しい。目標は「かわいすぎる刑事《デカ》」。

野中《のなか》琴音《ことね》（38）……警視庁科学捜査研究所のプロファイラー。時生とは同期入庁で家族ぐるみのつきあい。現代アートの鑑賞と収集が趣味で、南雲の藝大時代の同級生で人気画家である古閑塁《こがるい》の大ファン。

第一話

虚飾 All is Vanity

1

相手をなだめるつもりで両手を顔の脇に上げ、小暮時生《こぐれときお》は語りかけた。

「話なら聞く。だから、その女《ひと》を解放してくれ」

時生の五メートルほど前方には、体格のいい年配の男と小柄な中年女性がいる。年配の男は前に立つ中年女性の肩を片手で摑《つか》み、もう片方の手には大きなハサミを握っていた。

「うるせえ！　お前に話なんかねえよ。店主を呼べ！」

年配の男は怒鳴り、ハサミの刃先を中年女性の首に近づけた。顔を歪《ゆが》め、中年女性が短い悲鳴を上げる。ここは、商店街にある写真館のスタジオだ。奥の壁の上部から床にかけて撮影用の白い背景布が垂らされ、年配の男と中年女性はその上に立っている。二人の左右には、大きさも形も様々なライトが置かれていた。

「店主じゃ埒《らち》が明かないから、僕が来たんだ。何でも言ってくれ」

時生はさらに語りかけたが年配の男は、

「その手に乗るか！　お前、警察官だろ」

と赤らんだ顔を険しくした。これ以上興奮させるのは危険と判断し、時生は「わかった」と返してゆっくり後退した。開け放たれたドアからスタジオの外に出ると、スーツ姿の男が話しかけてきた。

「ダメか。こりゃ長期戦になるかもな。いま、課長が本庁に応援を要請してる」

浅黒い肌と禿《は》げ上がった頭、ぎょろりとした目が印象的なこの男は井手義春《いでよしはる》、五十二歳。時生と同じ楠町《くすのきちょう》西署《にし》の刑事で、階級も同じ巡査部長だ。

「とにかく丸岡《まるおか》を落ち着かせないと。人質《グニゴム》の夫と話して来るので、ここをお願いします」

そう告げて、時生は歩きだした。部屋の隅には小さな応接セットが置かれ、手前には受付カウンターがある。その周りに数人の刑事と制服姿の警察官が立ち、深刻な顔で囁《ささや》き合っている。時生は刑事たちの後ろを抜け、ガラスのドアを開けて写真館を出た。写真館の周囲には規制線の黄色いテープが張られ、その前にマスコミと野次馬が集まっている。

三十分ほど前。時生が相棒の刑事と管内をパトロールしていると、無線で「山吹《やまぶき》町二丁目の『やまぶき写真館』に男が押し入り、店主の妻を人質にとって立てこもっている」との報が入った。時生たちが現場に急行したところ、他の刑事も駆け付けて来た。

路肩に停めていた署のセダンに歩み寄った。七月も半ばを過ぎ、夏本番といった日射しが照りつけている。ドアを開け、時生はセダンの後部座席に乗り込んだ。座席の中央にはやまぶき写真館の館主・市村豊《いちむらゆたか》、奥には若い刑事が座っている。

「妻は——比佐子《ひさこ》は無事ですか?」

時生の顔を見るなり、市村は問うた。薄くなった髪を七三に分け、メタルフレームのメガネをかけている。頷《うなず》き、時生は答えた。

「ええ。他の刑事が、比佐子さんを解放するように交渉しています……事情は聞いた?」

「はい。犯人《ホシ》は丸岡和隆《かずたか》、七十八歳。この近くで不動産業を営んでいます」

そう答えたのは、若い刑事。剛田力哉《ごうだりきや》といい、井手の相棒だ。身を乗り出し、剛田はさらに続けた。

「丸岡には妻がいて、十日ほど前、やまぶき写真館に金婚式の記念写真を撮りに来たそうです。撮影は無事に終わり、今朝、妻が出来上がった写真を取りに来たんですが、しばらくして丸岡が怒鳴り込んで来たとか」

「どうして?」

「『なんで俺が右側じゃないんだ』だそうです。記念写真は夫婦が並んで立っている姿を撮って、立ち位置は丸岡が左で奥さんが右。撮影時は何も言わなかったのに、仕上がりを見て腹が立ったみたいです。写真って、向かって右が上位者なんですってね」

小首を傾《かし》げ、あっけらかんと告げた剛田は刑事になりたての二十六歳で、階級は巡査長。雄々しい名前に反し、細身で色白のイケメンで趣味は美容。「かわいすぎる刑事《デカ》」になるのが目標らしい。

「そうだよ。知らなかったの？」

時生が呆《あき》れると、市村も会話に加わった。

「確かにその通りなんですが、ご夫婦やカップルを撮影する場合は、男性が左で女性が右というのが多いんです。丸岡さんにもそう説明しようとしたのに、お酒が入っているせいか『バカにするな』と聞く耳持たずで。だから『酔いが醒めてから話しましょう』と言ったらキレて、受付にあったハサミを妻に突き付けてスタジオに——ああ、どうしよう」

最後はうろたえ、市村は頭を抱えた。その横顔を覗《のぞ》き、剛田が「大丈夫ですよ」となぐさめ、時生も「ご主人、しっかり」と励ます。さっき妻と電話で話したが、丸岡には酒乱の気《け》があり、昼間から飲酒するようになった最近、それが顕著になったという。

「ふうん」

ふいに声がして、時生と剛田、さらに市村もセダンの助手席を見た。そこには男が一人、座っている。クセが強く量も多い髪と大きな目、歪みのない鼻。時生の相棒・南雲士郎《なぐもしろう》警部補だ。

「大体わかったから、行って来る」

そう言うが早いか、南雲はドアを開けてセダンを降りた。驚き、時生も続く。

「行くって、どこへ？」

「もちろん、丸岡のところだよ」

当然のように答え、南雲は通りを歩きだした。警察官としては華奢《きゃしゃ》な体に、黒い三つ揃《ぞろ》いをノーネクタイでまとい、ジャケットの胸ポケットには青い鉛筆を挿している。後を追い、時生は告げた。

「ダメですよ。これ以上興奮させたら何をするか」

「だって、じきにお昼だし。最近署の近くにキッチンカーが来るようになったの、知ってる？　そこのナシゴレンが絶品なんだけど、すぐに売り切れちゃうんだよ。ちなみにナシゴレンっていうのは」

「知ってますよ。エスニック風のチャーハンでしょ……じゃなくて、何を言ってるんですか。予断を許さない状況なんですよ。ここは慎重に、人命第一で」

歩きながら説教を始めた時生だが、南雲はそれを「あ、そうそう」と遮り、こう続けた。

「剛田くんに、タブレット端末で今から言う絵画を検索してスタジオに来るように頼んでくれる？　ルノワールの『シスレー夫妻』と、ヤン・ファン・エイクの『アルノルフィーニ夫妻像』」

「はい？　アル――なんですか？」

とっさに訊《き》き返したが、南雲は「よろしく」と手を振って足を速めた。一瞬迷った時生だが、セダンに戻り南雲に言われたことを剛田に伝えた。剛田が愛用のタブレット端末で二枚の絵画を検索している間に他の刑事に市村の付き添いを頼み、二人でやまぶき写真館に向かった。

ドアを開けて館内に入ると、刑事たちの背中が見えた。みんなでスタジオのドアの前に集まり、中を覗いている。歩み寄った時生と剛田に気づき、井手が振り向く。井手は口を開こうとした時生をジェスチャーで止め、スタジオの中を見るように促した。他の刑事たちが場所を空けてくれたので、時生と剛田はスタジオを覗いた。

奥に、こちらに背中を向けて立つ南雲が見えた。その向かいには、ハサミを握った丸岡と市村の妻がいる。

「——という訳で、夫婦やカップルの場合、男性が左、女性が右で写真を撮影することが多いそうです」

よく通る声で朗《ほが》らかに、南雲は言った。脇には、彼のトレードマークである表紙が深紅《しんく》のスケッチブックを抱えている。さっきの市村の話を伝え、説得するつもりか。時生はそう思ったが、丸岡は首を突き出して南雲を睨《にら》み、怒鳴った。

「そんなもん、信じられるか！　でっち上げで俺をだますつもりだろ」

「いえいえ。ちゃんと証拠もありますよ。写真じゃなく、絵だけど」

動じることなく返し、南雲はくるりと振り返った。時生と剛田を見て、手招きをする。二人で近づいて行くと、丸岡は焦ったように目を見開いた。しかし南雲は丸岡に何かさせる暇を与えず、こう続けた。

「これはフランスの印象派を代表する画家、ルノワールによる『シスレー夫妻』」

そう告げて、剛田が胸に抱えたタブレット端末を指す。はっとして、剛田はタブレット端末を操作して画面を前に向けた。つられて丸岡、さらに市村の妻の目も画面に向く。

そこにはヒゲを生やし、タキシード風の服を着た男と、絞られたウエストとボリュームのある長いスカートが印象的なドレスの女を描いた油絵が表示されていた。男と女は顔を寄せ合い、女の手は肘を軽く曲げた男の片腕に絡められている。そして、二人の立ち位置は男性が向かって左で女性が右だ。

「ね？　夫が左で妻が右でしょ？」

南雲は訊《たず》ね、向かいに微笑みかけた。丸岡は呆気《あっけ》に取られ、画面の絵と南雲を交互に見る。すると南雲は、

「続いて、ヤン・ファン・エイクの『アルノルフィーニ夫妻像』」

と言い、またタブレット端末を指した。それを受け、剛田は画面を前に向けたままタブレット端末を操作した。新たに画面に表示されたのも男女を描いた油絵だが、男は黒いハットをかぶって黒いマント風の服という格好で、女は頭に白いベールをかぶり、深緑色のたっぷりとしたつくりのドレスを着て、大きなお腹に片手を当てている。こちらも立ち位置は男が左で女が右、そして二人の手は絵の中央で繋《つな》がれていた。

この絵も呆気に取られて見ていた丸岡だったが、我に返ったようにわめいた。

「どっちも外国人の絵じゃねえか！　ここは日本で、俺は日本人だぞ」

「ごもっとも」と南雲は頷き、

「じゃあ、日本の伝統文化・ひな人形は？　男《お》びなと女《め》びなの並びを思い出して下さい」

と、独特の敬語とタメ口を混ぜた口調で問いかけた。丸岡が考え込み、時生もひな人形の記憶を辿《たど》った。その直後、剛田が声を上げた。

「男びなが左で、女びなが右。いま見た絵と男女の並びは同じですよ！」

「その通り」と南雲が頷き、丸岡はハサミを握りしめたままぐっと黙る。南雲はさらに続けた。

「ひな人形や絵画のモデルの位置関係には、諸説あります。でも、僕はどうでもいいと思う。だって、いま見せた絵もひな人形も、美しいでしょ？　丸岡さんと奥さんも同じ。金婚式の写真を見ましたけど、お二人ともすごく素敵な笑顔をしていますよ。どっちが右でどっちが左かより、二人が並んで立っているってことが大事なんです。違いますか？」

笑顔で、しかしまっすぐに丸岡を見て問いかける。何か言い返そうとした丸岡だが、言葉は出て来ない。すかさず、南雲は語りかけた。

「丸岡さん。疲れているんじゃないですか？　僕の敬愛するレオナルド・ダ・ヴィンチは、こう書き記しています。『ときどき仕事を離れて、気晴らしをするといい。すると仕事に戻った時、より優れた発想をすることができるだろう。仕事に打ち込んでいると、きみは周りが見えなくなるのだ』と」

とたんに、丸岡の顔がくしゃっと歪んだ。キレたのかと時生は身構えたが、丸岡はハサミを握った手を下ろし、泣き始めた。

「……そうなんだよ。仕事で仲間に裏切られた。その矢先に写真を見て、世の中のみんなからバカにされてるような気持ちになったんだ」

「なるほど」

頷きながら、南雲は「後はよろしく」と言うように時生に目配せし、後ろに下がった。時生は頷き返し、市村の妻に歩み寄って手前に引き寄せた。同時に剛田が丸岡の手からハサミを奪う。とたんに、後ろの刑事たちがスタジオになだれ込んで来た。

「ダ・ヴィンチ殿。お見事！」

丸岡を拘束しながら、井手が声を上げる。南雲は振り向き、笑顔でひらひらと手を振って応えた。

井手と剛田が自分たちのセダンで丸岡を署に連行し、時生たちは他の刑事と事件の後処理をした。一時間ほどで処理が終わり、やまぶき写真館を出た。既に規制線は解除され、通りを人と車が行き交っている。やまぶき写真館の前に集まったマスコミと野次馬の間を抜け、時生たちはセダンに向かった。

「今回もお見事でした。すっかり所轄の刑事課にも慣れましたね」

並んで歩きながら時生は語りかけたが、南雲は微笑んで「そう?」とだけ返した。

本庁の刑事部で美術関係の事件の捜査にあたっていた南雲が、楠町西署に異動して来て約二カ月。その間、南雲は東京藝術大学美術学部卒という経歴と、レオナルド・ダ・ヴィンチマニアという特性を活かし、複数の事件を解決した。

セダンの近くまで行くと、南雲は足を速めた。

「僕は署の手前で降りるから。ナシゴレンは諦めたけど、同じキッチンカーのミーゴレンを買うんだ」

時生にそう告げ、いそいそとセダンの助手席のドアに手をかける。呆れて「はいはい」と適当に応えた時生が、ミーゴレンとは何かを訊ねようとした矢先、

「南雲くん」

と声がした。振り向くと、男が立っている。小柄で面長、半袖のワイシャツとスラックスという格好だ。歳は六十代半ばぐらいか。

「どうも。お久しぶりです」

そう言って、南雲は笑顔で面長の男に会釈した。しかしその前に一瞬、うろたえたような表情を浮かべたのを、時生は見逃さなかった。面長の男も、「久しぶり。元気そうだね」と微笑んだ。

「少し話せるかな。署を訪ねようと思ったんだけど、管内で事件が起きたと聞いたから現

場に来たんだ」

そう続ける面長の男に南雲は、「そうですか」と返し、時生を振り返った。

「悪いけど、先に署に戻ってて」

「はい。お知り合いですか？」

セダンの脇に立って時生は問いかけたが、南雲は面長の男を「行きましょう」と促し、二人で通りを歩きだした。

2

時生は一人で楠町西署に戻った。駐車場にセダンを停め、階段で六階建ての署の二階に上がった。廊下を進み、刑事課の部屋に入る。広い部屋には向かい合って並ぶ机の列がいくつかあり、二十人ほどいる刑事がパソコンに向かったり電話で話したりしている。部屋の奥にある、時生たちのものより一廻《ひとまわ》り大きな机に歩み寄った。

「ただいま戻りました」

そう告げて一礼すると、机でノートパソコンに向かっていたライトグレーのスーツ姿の女が顔を上げた。

「お疲れ様です」

女は返し、下半分が縁《ふち》なしのメガネのレンズ越しに時生を見た。小柄で顔立ちも小作りだが、刑事課長の村崎舞花《むらさきまいか》警視だ。

「山吹町の立てこもり事件は、無事に解決したそうですね。いま、井手班が犯人の丸岡和隆を聴取しています」

「はい。身柄を確保した時点で『申し訳ない』と繰り返していたので、聴取には素直に応じるはずです。人質の女性にケガなどはありませんでしたが、念のために病院で診察を受けてもらっています」

「スピード解決だったな。本庁の捜査第一課《ソウイチ》からも、ねぎらいの言葉をもらったぞ。これも村崎課長の采配《さいはい》の賜《たまもの》ですね」

傍らから駆け寄り、そう言って村崎に満面の笑みを向けたのは藤野尚志《ふじのひさし》。刑事係長で階級は警部、歳は四十九だ。一方、村崎は二十九歳。東京大学法学部卒のいわゆるキャリア警察官で、研修の一環として楠町西署の刑事課長に着任した。

「いえ。犯人を説得したのは、南雲さんですから」

無表情に返した後、村崎は「で、南雲さんは?」と問いかけて時生の背後に視線を巡らした。慌てて、時生は答えた。

「立ち寄りがあって——先ほどの事件の詳細は、僕が報告書にまとめて提出します」

「そうですか……南雲さんの着任以来、楠町西署刑事課の事件の解決率は上昇しています。

一方で南雲さんには、推測と思い込みに基づく捜査や問題発言、行動等も目立ちます。あくまでも規律遵守で、十二年前のような事態が起きないよう、注意して下さい」

感情を含まない声で村崎が告げる。それを藤野が神妙な顔で聞き、時生に「わかったな?」と問いかける。「わかりました」と答え、時生は背筋を伸ばして一礼した。

南雲は本庁にいた頃から敏腕刑事として知られ、付いたあだ名が「ダ・ヴィンチ刑事」。しかしその性格は超マイペースで常識や規則は意に介さず、物事を美しいか、美しくないかで判断する。おまけに食いしん坊ときて、コンビを組む時生は振り回されっぱなしだ。加えて時生は、本庁捜査第一課に所属していた十二年前に南雲とコンビを組み、通称「リプロマーダー事件」という連続猟奇殺人事件を捜査していたことがある。その際、時生は犯人と思しき男を追いかけたが反撃されて逃げられるという失態を犯し、それが原因で所轄に飛ばされた。以後も捜査は続けられたが、リプロマーダー事件は未解決のまま。時生と南雲が所属していた特別捜査本部も解散した。

村崎の机を離れ、時生は自分の席に着いた。ノートパソコンを立ち上げながら、隣の南雲の机に目をやる。そこにはノートパソコンや書類のファイルを収めたブックスタンドの他、レオナルド・ダ・ヴィンチのスケッチに描かれているという、スクリュー形の翼が付いた空飛ぶ機械の模型が置かれている。

「先に署に戻ってて」とか言って、どこで何をしてるんだか。心の中で呟《つぶや》き、ため息をつくのと同時に、時生はさっき会った面長の男を思い出した。

穏やかだけど隙のない佇《たたず》まいといい、「署を訪ねようと思ったんだけど、管内で事件が起きたと聞いたから現場に来た」って発言といい、あの男は元警察官、しかも刑事《デカ》だな。だとしたら、南雲さんの元上官？　でも声をかけられた時、南雲さんはうろたえていた。あの人のあんな顔を見たのは初めてだし、訳ありか。そう頭を巡らせると、胸が騒いで好奇心も湧いた。

十二年前に犯人と思しき男を取り逃がした際、時生はある経験をした。それをきっかけに時生は南雲こそがリプロマーダー事件の犯人なのではという疑いを抱き、以後、密かに捜査を続けてきた。すると二カ月前、南雲が同じ署に配属されて再びコンビを組むことになった。時生は戸惑いつつも事件の真相を解明するチャンスと考え、南雲に気づかれないように身辺を探っている。

ノートパソコンで報告書の作成を始めた矢先、ジャケットのポケットでスマホが鳴った。取り出して見ると、スマホの画面には「野中《のなか》さん」と表示されている。時生は「はい、小暮です……ちょっと待って」と応えながら席を立ち、刑事課の部屋を出た。廊下の隅まで行き、改めてスマホを耳に当てる。

「もしもし。何かあった？」

「このまえ起きた品川《しながわ》区の事件。発生直後に、被害者の山口直江《やまぐちなおえ》の首から下の遺体が、山口の鍼灸《しんきゅう》院の近くにある公園の雑木林で発見されたでしょ？　それを司法解剖したら、ベンゾジアゼピン系の睡眠導入剤の成分が検出されたんだって」

早口の囁き声で、野中琴音《ことね》は告げた。野中は本庁科学捜査研究所の公認心理師、いわゆるプロファイラーで、時生・南雲とは、リプロマーダー事件の特別捜査本部で出会った。

「なら、模倣犯の可能性は低いな。山口以前の四人の被害者も遺体から導眠剤の成分が検出されたけど、公表してないからね。山口の鍼灸院からは犯人のものと思しき指紋や毛髪などは検出されていないし、目撃者もいないんでしょ？」

時生も囁き声で問うと、野中は「うん」と答えた。顔を上げ、時生は言った。

「予想通りだね。リプロマーダーが犯行を再開したってことだ」

十二年前。都内で、長い髪を三つ編みにしてロフトの柵から吊《つる》され、全裸で亡くなっている女性の遺体が発見された。それはジョット・ディ・ボンドーネという画家の「最後の審判」という壁画の一部に描かれている女の姿と似ており、偶然かと思いきや、今度はジョン・エヴァレット・ミレイの「オフィーリア」という絵画そっくりの状況で溺死《できし》している女性が見つかり、続いてジャック＝ルイ・ダヴィッドの「マラーの死」を彷彿《ほうふつ》とさせる格好でバスタブで刺殺されている男性、さらにエドゥアール・マネの「自殺」によく似た、拳銃を手にベッドに倒れ、亡くなっている男性が見つかった。四件とも壁画や絵画を模した殺人と推測され、また被害者たちはそれぞれ育児放棄、保険金詐欺などの悪事に関わっていた。マスコミは「再現」を意味する「REPRODUCTION」と、殺人という意味の「MURDER」を繋げて「リプロマーダー事件」と名付けて騒ぎ立てた。

四件の事件の後、リプロマーダーの犯行は途絶えた。しかし二週間ほど前、東京都品川区の鍼灸院で院長の女性の切断された頭部が発見され、リプロマーダー事件との繋がりが浮上した。

「みたいね」と返し、野中は息をついた。外にいるのか、ざわざわとした気配と車の走行音が漏れ聞こえてくる。時生は言った。

「本庁にリプロマーダー事件の特別捜査本部が再設置されるらしいね。僕と南雲さんは招集されないだろうけど、野中さんには声がかかると思う。こっそり状況を教えてよ」

「気持ちはわかるけど、それはさすがに」

「頼むよ。あの事件を捜査することが、僕が抱えてる問題の唯一の解決方法って気がするんだ」

必死に訴えると、野中は黙った。

十二年前の犯人を取り逃がした時の経験をきっかけに、時生は悪夢にうなされてはベッドから落ちるようになった。物怖《ものお》じしない性格で誰にでもずけずけとものを言う野中だが、時生を心配し、カウンセリングを申し出てくれている。時生の頭に、前髪をセンターパートにしたショートカットと、小さな口から覗くやや大きめな前歯が印象的な野中の顔が浮かんだ。同い年ということもあり、時生たちは飲み仲間で、野中は時生の家族とも親しくしている。

ため息の音がして、野中は「わかった」と応えた。口調を改め、こう続ける。

「でも、他の人には絶対バレないようにしてよ……プロファイリングを頼みたいって、本庁から山口の事件の現場写真が送られてきたから、転送するわ」

「ありがとう。こっちも何か掴んだら報《しら》せる」

そう返して通話を終えて間もなく、スマホに野中からメールが届いた。時生は周囲を気にしながら、添付された画像ファイルを開いた。

画像は複数あり、一枚目は茶色い床の上に置かれた横長の施術ベッドが写っている。施術ベッドには白いタオルがかけられ、傍らにはタオルや消毒用のアルコールなどが載ったワゴンもあった。そして施術ベッドの上には、ガラスの水槽が置かれている。施術ベッドの大きさから察するに、幅六十センチ、奥行きと高さは五十センチほどか。水槽の中身は、被害者・山口直江の切断された頭部と生きたヘビだ。

二枚目の画像は、水槽の中身のアップ。山口の頭部は首の中ほどで体から切り離され、切断面から流れた血が水槽の底に広がっている。山口は丸い目をかっと見開き、低くあぐらをかいた鼻からは微量だが出血が見られ、唇がひび割れた小さな口はわずかに開いていた。セミロングの髪は後ろに撫《な》でつけられ、派手な茶色に染めているが根元は真っ白で、七十六歳という年齢が感じられた。

そして山口の頭部の周りには、ヘビがいた。どれも細く、体長は五センチから三十センチほどだが色柄は様々で、三十匹はいるだろう。絡み合ったり、とぐろを巻いたりして、山口の髪や額《ひたい》の上に載っているものもあり、異様な光景だ。さらによく見ると、小型のトカゲやコガネムシ、クモなどもいる。虫は首の切断面に群がっているものも多く、時生は軽い吐き気を覚えた。

この遺体が発見されたのは二週間ほど前の夜で、時生と南雲には野中が報せてくれた。その後、時生たちは山口の鍼灸院に向かったのだが、現場を仕切っていた本庁捜査第一課の刑事に立ち入りを禁じられた。時生は十二年前に被疑者を取り逃がした失態、南雲は日頃の言動で本庁上層部の怒りを買い、所轄に飛ばされたという経歴が原因らしい。その場は引き下がったが、リプロマーダーが犯行を再開したのなら事件を解決する絶好のチャンスだと、ますます時生は奮起した。

引き続き、時生は三枚目の画像を見た。それは油絵で、リプロマーダーが山口を殺害する際に模倣したと思しき十七世紀の画家、ピーテル・パウル・ルーベンスによる「メデューサの頭部」だ。この絵は事件発生直後から何度も見ているが、改めて眺めた。

薄暗い崖か岩の上に首の中ほどから切断された女の頭部が置かれ、その周りにおびただしい数のヘビとトカゲ、虫が描かれている。女の顔立ちは明らかに外国人で山口より若いが、表情や出血の具合、ヘビやトカゲの大きさなど、現場の状況とそっくりだ。ちなみにこの絵のモデルは、ギリシャ神話に登場する怪物・メデューサで、その目を見た者を石に変える力を持っていたという。一方山口は強いカリスマ性を持ち、「地獄に真っ逆《まさか》さまよ」という言葉で鍼灸院の患者を脅して思考停止状態にし、高額の治療費を支払わせたうえ健康食品などを購入させ、トラブルになっていた。

油絵と現場の画像を交互に見ているうち、時生の胸に疑問や怒り、不安が湧いた。しかし場をわきまえ、気を鎮めてスマホをしまおうとした。と、再びスマホが鳴り、野中かと見ると、画面には「南雲さん」と表示されていた。迷わず、時生は電話に出た。

「南雲さん。早く戻って下さい。課長に注意されちゃいましたよ」

「ごめんごめん。ちょっと出て来られる？　話があるんだ」

能天気に返され、「なんで『戻って下さい』の返事が『出て来られる？』なんだよ」と苛立《いらだ》ったが、話なら時生にもある。仕方なく「わかりました」と返し、出かける口実を考え始めた。

3

「報告書の作成に必要な情報を収集するため、立てこもり事件の現場に行く」と同僚の刑事に告げ、時生は署を出た。少し歩き、大通りから脇道に入る。狭い道の両脇に小さな民家と飲食店が並び、その一角に古い二階屋があった。木造で、屋根と庇《ひさし》には色褪《あ》せた灰色の瓦が載っている。玄関の格子戸の脇には、「ぎゃらりー喫茶　ななし洞《どう》」と描かれたスタンド看板があった。

格子戸《こうしど》を開け、時生は店内に進んだ。薄暗く天井の低い空間で、横と向かいの壁には額縁がずらりと並び、中には様々な絵画が収められている。壁際の棚には絵皿や花瓶、彫刻なども陳列されていた。それらに注意しながら、狭い通路を奥のカウンターに向かった。と、カウンターの中に立つ女と、その脇の棚に置かれた古いラジオが目に入った。

「――ですから、このネックレスに含まれる磁気《じき》には血行を促進する効果があり、肩こりの改善が期待できます。重さは二十五グラム、長さは四十五センチから五十五センチまで調節できます」

ラジオから、通販番組の商品説明と思しきハイテンションの男の声が流れてくる。すると、カウンターの中の女がふん、と鼻を鳴らした。

「重さ二十五グラム？　それだけで肩がこりそうだけどね」

そう言い放ち、女は横を向いた。金髪のショートボブに、切れ長の目。濃い紫色の着物をまとい、火の点いていない長い煙管《きせる》を手にしている。ななし洞の店主・永尾《ながお》チズだ。目が合ったので時生は、

「こんにちは。今日は飲み物を持って来ましたよ。ほら」

と笑顔で告げ、片手に持ったペットボトル入りの緑茶を見せた。が、チズは時生をじろりと見て背中を向けた。中年以上なのは確かだが、濃い化粧と、先の尖《とが》った高い鼻も相まって年齢不詳。どこか魔女っぽい。

「あ、来た来た。こっちだよ」

その声に、時生はカウンターの奥を見た。木製の椅子に座った南雲が手を振っている。隣には、さっきの面長の男もいた。「どうも」と一礼し、時生は二人に歩み寄った。

「こちらは白石均《しらいしひとし》さん。警視庁のOBで、僕らの先輩だよ。で、彼が小暮時生くん」

にこやかに南雲が紹介し、白石と時生は頭を下げ合った。やっぱり元警察官かと思いつつ、時生は緑茶をカウンターに置き、椅子を引いて白石の隣に座った。白石と南雲の前にも、表通りのチェーンのコーヒーショップでテイクアウトしたと思しき蓋付きの紙コップが置かれている。この店は南雲の行き付けで、時生も最近来るようになった。喫茶の看板を出しながら、なぜ飲み物は持ち込みがルールなのかとか、チズは何者でなぜいつも文句を言いながらラジオの通販番組を聴いているのかとか疑問は多いが、怖くて口にできない。

「白石さんは古い知り合いで、お世話になったんだ。僕に用があって久々に訪ねて来てくれたんだけど、小暮くんにも聞いて欲しいから呼んだんだよ」

古いとはいつ頃で、どんな世話になったのか。湧いた疑問を堪《こら》え、時生は「そうですか」とだけ返した。「勤務中にすみません」と恐縮し、白石が一礼する。小柄だが引き締まった体をして、わずかに前に出た口が印象的だ。時生に向き直り、白石は話しだした。

「僕はいま病院のガードマンをしているんですが、そこで親しくなった看護師の男性に『女性を捜して欲しい』と頼まれました。男性と女性は婚活アプリで知り合い、四カ月ほど前に婚約したそうです」

「はい」

「女性は『両親はアメリカに住んでいて、母親は重い心臓病を患っている』と話し、男性はその治療費として約一千万円を女性に渡したそうです。女性は『母親の手術に立ち会いに行く。落ち着いたらあなたも来て』と言いましたが以後連絡はなく、メールや電話も通じなくなったとか」

「いきさつからすると、結婚詐欺の可能性が高いですね」

元警察官だけあって、説明に無駄がないな。そう感心しながら時生は言い、白石は「ええ」と頷いた。

「僕もそう思い、『警察に被害届を出した方がいい』と言いました。しかし男性は、『彼女を疑うようなことはしたくない』の一点張りです。昔の僕なら『目を覚ませ』と一喝するところなんですが、警察官を辞めてから市民の気持ちがわかるようになって。相手を信じたいという想いや、警察に届けて騒動になったらどうしようという不安など、いろいろあるようです。だから何とか力になれないかと、南雲くんを頼りました」

穏やかだが熱意に満ちた口調や、まっすぐな視線から白石がどんな警察官だったのか伝わってくる。時生が背筋を伸ばして「はい」と応えると、南雲も口を開いた。

「じゃあ、頼むね」

「えっ？」

訳がわからず、時生は白石越しに南雲を見た。紙コップを取って口に運びながら、南雲は返した。

「いま『はい』って言ったでしょ。僕と一緒に女性を捜してよ」

「いまの『はい』は、承諾じゃなく相づちで……まずいですよ。課長にどう説明したら」

「勤務時間外に捜査するなら、相談しなくていいでしょ」

あっさりと返され、時生は「いやいや」と腰を浮かせた。が、「無理は重々承知ですし、女性が見つからなくても構いません。やれることをやってダメなら、男性も踏ん切りが付くと思うんです。どうか力を貸して下さい」と白石に頭を下げられ、言葉に詰まる。それを待っていたかのように、南雲はにっこり笑って告げた。

「決まりだね」

勝手に話をまとめてるし。脱力し、腹も立った時生だが、秘密が多い南雲の過去に迫るチャンスかもしれないと頭を切り替える。「わかりました」と言い、椅子に座り直して白石を見た。

「白石さんは、どちらの署にいらしたんですか？」

「あちこち行ったけど、長かったのは上野《うえの》桜《さくら》木《ぎ》署の刑事課です。南雲くんとも、そこで知り合いました」

「へえ。南雲さん、上野桜木署にいたんですか。いつ頃？」

警視庁入庁後の南雲の経歴は確認済みだが、上野桜木署に勤務していたという記録はない。すると南雲は「いつだったかな」ととぼけ、白石が「違う違う」と笑って訂正した。

「僕らが知り合ったのは、二十五年以上前。南雲くんが東京藝術大学の学生だった頃です。藝大は、上野桜木署の管轄だから」

「ああ、なるほど」

時生も笑ったが、胸は大きくざわめく。大学生が刑事と知り合う、しかも今に至るまで付き合いがあるって、普通じゃないぞ。そう疑いつつ口に出すのを躊躇《ちゅうちょ》していると、白石が言った。

「ひょっとして、あれは古閑《こが》くんの絵かな」

その目は、南雲の肩越しに傍らの壁を見ている。そこには縦五十センチ、横四十センチほどの金色の額縁があり、中には油絵が収められていた。油絵に描かれているのは、一枚のジーンズだ。

「白石さんは、古閑さんともお知り合いなんですか?」

絵と白石を交互に見て、時生は問うた。古閑塁《るい》は南雲の藝大時代の同級生で、売れっ子の画家だ。ある事件の捜査を通じ、時生も知り合いになった。

「ええ。南雲くんと同じ頃に知り合いました……古閑くんは海外暮らしだと聞いてたけど、最近帰国したんだってね。少し前に電話をくれたよ」

後半は南雲に向き直り、白石は告げた。「そうですか」と南雲が返した矢先、チズが歩み寄って来た。カウンター越しに白石を見て言う。

「当たり。あれは古閑塁の絵だよ。かなり初期の作品なのに、よくわかったね。絵が好きなのかい?」

「いえ。古閑くんは特別ですよ。描く絵も本人も、個性的ですから」

にこにこと嬉《うれ》しそうに、白石は応えた。僕も事件捜査の流れで古閑さんの絵を見たけど、描かれているジーンズが穿《は》き込まれてボロボロなところや、強いエネルギーが感じられるところは、確かにいまの作風と通じるな。そう思い時生が感心していると、チズはさらに問うた。

「あんたもデカだろ?」

「ええ。『元《もと》』ですけど」

するとチズはふん、と鼻を鳴らし、白石と南雲、時生の顔を眺めて言い放った。

「いつの間にここは、デカの溜《た》まり場になったんだい？　誰を連れて来ようが、コーヒーは淹《い》れないからね」

だったら、喫茶なんて看板を出すなよ。思わず心の中で突っ込んだ時生だったが、眼光鋭くチズに睨まれ、慌てて目をそらした。

4

女性捜しに必要な情報を聞き、ななし洞を出て白石と別れた。署に戻りながら、時生は隣の南雲に告げた。

「なし崩し的に引き受けちゃいましたけど、面倒なことになりそうなら手を引きますよ。ただでさえ、課長に目を付けられてるんですから」

「ＯＫ」

朗らかに返し、南雲は脇に抱えたスケッチブックを逆側に持ち替えた。強い日射しが降り注ぎ、その下をたくさんの人と車が行き交っている。

「久々に会ったのに人捜しを引き受けるなんて、白石さんに恩でもあるんですか？　じゃなきゃ、過去に迷惑をかけたとか」

この流れなら不自然じゃないはずだ。自分で自分に言い聞かせ、時生は斬り込んだ。すると、南雲は答えた。

「まあ、そんなところ」

はぐらかしたな。苛立ちを覚えた時生だったが、過去に何かあったなと確信を得る。さらに問いかけようとした矢先、南雲は話を変えた。

「リプロマーダー事件は？　琴音ちゃんが特別捜査本部のメンバーになるって聞いたよ」

「その話をしたかったんです。さっき野中さんから電話があって、検死の結果、山口直江の遺体からベンゾジアゼピン系の睡眠導入剤の成分が検出されたそうです。リプロマーダーが犯行を再開したのは確実ですね。で、これが現場の写真」

時生は言い、歩道の端に寄った。周りを確認してからスマホを出し、画面にさっき野中が送ってくれた画像を表示させる。スマホを受け取り、南雲はそれを眺めた。

「リプロマーダーは腕を上げたね。遺体の表情や首の切断面が、『メデューサの頭部』にそっくりだ。ヘビやトカゲ、虫も絵画に似たものを揃えてる」

時生はまず「褒めてどうするんですか」と咎《とが》め、こう続けた。

「僕の予想では、特別捜査本部はそのヘビやトカゲ、虫の入手ルートからホシに辿り着けないかと考えるはずです」

「美しくない」

即答し、南雲は眉をひそめた。言葉を返そうとした時生を遮り、さらに言う。

「睡眠導入剤とか四人目の被害者が握ってた拳銃とか、これまでも犯行に足が付きそうなアイテムが使われたことはあった。でも、いくら洗っても、リプロマーダーには辿り着けなかったでしょ。今回のヘビやトカゲも、同じだろうね。そういう場合、必要なのは斬新な発想、つまりオリジナリティーなんだけど、それこそが日本の警察に一番欠けてる要素なんだよね」

こういう物言いが災《わざわ》いして、所轄署送りになったんだろうな。顎を上げてしたり顔で語る南雲を見ながら、時生は思った。

「とにかく、野中さんには捜査状況を教えてもらうように頼みました。僕は僕でリプロマーダー事件を捜査しますよ」

手を伸ばし、スマホを取り返しながら宣言する。笑って、南雲は返した。

「偶然だね。僕も同じことを考えてた。ついでだし、一緒に捜査する？」

ノリが軽すぎだろ。何かの作戦か？　違和感と警戒心を持った時生だったが、一緒に捜査すれば南雲を見張れる。心を決め、頷いて答えた。

「そうしましょう。ただし、勝手に動かないで下さいよ。隠しごとも厳禁で、情報は常に共有して」

「はいはい。それより、コンビニに寄って行っていい？　暑いし、アイスを食べようよ」

さらに軽いノリで返し、南雲は時生の返事を待たずに歩きだした。

5

同じ日の午後六時。署を出た時生と南雲は、電車を乗り継いで西新宿《にししんじゅく》に向かった。この街に、白石と女性を捜している男性の勤務先の総合病院がある。

病院にほど近い高層ビル街のカフェで待つこと約十分、それらしき男性が現れた。目が合ったので、時生は席を立って問いかけた。

「伊東真佑《いとうしんすけ》さんですか?」

「はい」

と返し、伊東は近づいて来た。ポロシャツにジーンズ姿で、肩にリュックサックをかけている。席に座り直し、時生は挨拶した。

「先ほどお電話した、小暮と南雲です」

「白石さんから聞きました。刑事さんなんですよね?」

向かいの席に着き、伊東は時生たちを見た。大柄だが背中を丸め、上目遣い。眼差しと口調には警戒と戸惑いの色が滲《にじ》んでいる。頭を巡らせ、時生は答えた。

「ええ。でも勤務時間外なので警察手帳は持っていませんし、刑事としてではなく、白石さんの知人として来ました。伊東さんの意に沿わないことをするつもりはありませんが、その分できることも限られます」

するとと伊東はぐっ、と黙り、時生は少し間を開けて問うた。

「それでも構いませんか？」

「構いません」

意を決したように伊東が返す。そこに店員が来て、伊東はアイスコーヒーを注文した。時生の隣で、南雲が笑った。

「さすが。話が上手いね」

感心してる場合か。イラッとして、時生はカフェラテを飲む南雲を横目で睨んだ。気を取り直し、伊東に告げる。

「では、いきさつを聞かせて下さい」

その後の話によると、伊東は三十六歳。看護師という職業柄、周りに女性は多いが同業者は避けたいという気持ちがあり、半年ほど前に婚活アプリを使い始めたという。そこで出会ったのが綾部美桜《あやべみお》、二十九歳。静岡県出身で、都内の自動車部品販売会社で働いていると話していたそうだ。伊東は、物静かでにこにこと自分の話を聞いてくれる美桜に惹《ひ》かれ、交際が始まった。

そして今年の三月。伊東は美桜にプロポーズし、二人は婚約した。しかし伊東が「ご両親に挨拶に行く」と言うと、美桜は「両親は寿司職人をしている父親の都合で、アメリカのシカゴにいる。でも母親は、重い心臓病にかかっている」と告げた。伊東は驚いたが、美桜が「母親は手術を受ければ助かるかもしれないが、お金を用意できない」と言うのを聞き、迷わず貯金の一千万円を差し出したそうだ。美桜は泣いて喜び、「お陰で母親は手術を受けられる。私は付き添うためにアメリカに行くから、後であなたも来て」と話した。しかしそのあと美桜からの連絡は途絶え、メールや電話も不通になったという。

「これが美桜です」

そう言って話を締めくくり、伊東はスマホの画面を時生たちに見せた。そこには笑顔の若い女の写真が表示されている。のっぺりした目鼻立ちにエラが張っていて特段美人という訳ではないが、色白で肩まで垂らした黒髪は艶やかだ。「わかりました」と返し、時生は問うた。

「連絡が途絶えた後、美桜さんの自宅や勤務先に行きましたか？」

「もちろん。自宅のアパートは引き払われていて、勤め先の人には『綾部美桜という社員はいない』と言われました。シカゴにある寿司店を調べて訊いてみましたが、美桜のお父さんらしき人も見つからなくて」

「美桜さんの同僚や友だちに会ったことはありますか？　行き付けのお店などは？」

「いいえ。僕も彼女も、そういう付き合いは苦手なんです。お互いさえいればいいって感じで、そこもすごく気が合いました」

熱っぽく語り、伊東は小さな目で時生と南雲を交互に見た。南雲はノーリアクションでカフェラテを飲み、時生は「そうですか」と応え、こう告げた。

「お話を伺った限りでは、詐欺の可能性が高いですね。美桜さんの経歴や身の上話は虚偽で、最初からお金目当てで伊東さんと交際したんでしょう」

「それは違います」

伊東は即答し、さらに言った。

「美桜は思ったことが顔に出ます。もし詐欺なら、僕は気づいたはずです。もしかしたらシカゴで何かあって、帰国も連絡もできないのかもしれません。事故とか事件とか、考えたくないけどお母さんが亡くなったとか」

興奮気味に捲《まく》し立てられ、時生は困惑する。横目で隣を見たが、南雲はテーブルの端に置いたスケッチブックを取り、ぱらぱらと捲《めく》っている。再び頭を巡らせ、時生は応えた。

「だとしたら、警察に届けた方がいいと思いますよ。でも、それはイヤなんですよね？」

「……小暮さんは結婚してますよね？」

そう問い返され、時生は面食らいつつ「ええ」と頷いた。すると伊東はまた背中を丸め、上目遣いになって言った。

「じゃあ、勝ち組だ。さんざん失敗して、やっとこの女《ひと》しかいないって相手に巡り会えた男の気持ちなんて、わかりませんよ。南雲さんも結婚してるんでしょ？」

「でも、イケメンだ。結婚しようと思えば、いつでもできるでしょ」

「いや。してないよ」

ふて腐れたように言い放ち、伊東は横を向いた。「さあ」と肩をすくめ、南雲はスケッチブックを閉じた。

「でも、僕の座右《ざゆう》の銘《めい》にこういうのがあるよ。『独りでいる時、人は完全に自分自身になれる。しかし一人でも連れがいれば、自分は半分になってしまう』。ちなみにこれは偉大なる芸術家、レオナルド・ダ・ヴィンチの言葉なんだけど」

そう告げてにっこりと笑い、南雲はカップを取ってカフェラテを飲み干した。その姿を、伊東が怪訝《けげん》そうに眺める。

それから間もなく、時生たちは伊東と別れてカフェを出た。午後七時を過ぎようやく暗くなった通りを、仕事帰りの人たちが歩いている。その流れに加わり、時生は言った。

「物静かでにこにこしたり、同僚や友だちに会わせないのは、ボロを出さないため。結婚の約束をしたとたん親の病気話を持ち出すところといい、典型的な詐欺師の手口なんだけどな。誰が見ても美人じゃないってところも、『この子に限って』と思わせる武器な訳で」

ため息をつき、ちょうど赤信号で立ち止まったので手にしたスマホを見た。画面には、別れ際に伊東に送ってもらった綾部美桜の写真が表示されている。スケッチブックを抱えて前を向き、南雲は返した。

「そう？　チャーミングな子じゃない」

「そういう話をしてるんじゃなく……ところで、さっき伊東さんに言った、座右の銘どうこうっていうのは本心ですか？」

「もちろん。僕はいつも本音で、ウソもつかないよ」

そう言うだろうと思っていたので、時生は隣を見て返した。

「だとしたらさっきのは、独りが最高、結婚なんて何の得もないって意味？　南雲さんは独身主義ってことですか？」

南雲の結婚観などどうでもいいが、プライベートに斬り込むチャンスなので敢えて訊ねる。すると南雲は「美しくない」と呟き、眉をひそめた。

「ダ・ヴィンチの名言を、そんな風に雑で俗に解釈して欲しくないなあ」

「いやだって、要はそういうことでしょ。そもそも伊東は、僕らには結婚したくてもできなかった自分の気持ちはわからない、ってふて腐れてたんですよ？　そう言う相手にああいう返事をするってこと自体、どうかと」

つい言い返してしまった時生を、南雲は呆れたように見る。

「ちなみに、あの名言には続きがあるんだ。『連れの言葉や行動が思慮に欠けるものなら、さらに自分はすり減るかもしれない』。僕のいまの気持ちそのものだよ」

「はい？　僕の発言が思慮に欠けるって言いたいんですか？　なら、南雲さんだって」

時生が反論し始めた矢先、信号が青に変わった。南雲はすたすたと歩きだし、「待って下さいよ」と言いながら時生も続いた。

6

太いエンジン音を響かせ、白いセダンが時生の脇を走り抜けて行った。国産の高級車だが、車高を低く改造している。さらに重低音の音楽も響かせていて、時生は近所迷惑だなと眉をひそめた。ここは住宅街の中で、午後十時近いいまはしんとして人通りも少ない。セダンを目で追っていると、通りを三十メートルほど走って停まった。そこは我が家の前で、時生は歩きながら目をこらした。と、後部座席のドアが開いて誰かがセダンを降りた。家の門灯の明かりが照らしだしたのは、小柄な少女。胸が騒ぎ、時生は小走りで通りを進んだ。その間にセダンは走り去り、少女は門を開けて家に入った。

「波瑠《はる》!」

つい大きな声で呼びかけ、時生も門から自宅に入る。小さな二階屋の玄関の前で振り向いたのは、時生の長女・波瑠、十四歳だ。ピンク色のTシャツにデニムのミニスカートという格好で、手に黒いナイロン製のバッグを提げている。時生の顔を見るなり、波瑠は不機嫌そうに前に向き直った。ドアを開け、玄関に入る。

「おい。いまのは誰だ？　こんな時間まで、どこに行ってた？」

慌てて短いアプローチを抜けて玄関に入り、時生は問うた。しかし返事はなく、波瑠は狭い三和土《たたき》でスニーカーを脱ぎ廊下に上がった。と、廊下の奥のドアが開いて女が顔を出した。

「お帰り」

そう声をかけてきたのは、時生の姉・仁美《ひとみ》。すっぴんで、伸びた前髪を頭のてっぺんでちょんまげのようにくくり、色褪せたスウェットの上下を着ている。

「ただいま……姉ちゃん。またドアのカギが開けっぱなし。いくら家に人がいても、泥棒に入られるって何度も言っただろ」

玄関のドアを施錠し、チェーンをかけながら時生は告げた。その間に波瑠は階段を上がろうとする。急いで黒革靴を脱いで廊下に上がり、時生は言った。

「波瑠、待ちなさい。パパの質問に答えてないぞ」

「どこに行ってたって、塾に決まってるじゃん。友だちのお兄ちゃんに送ってもらったの」

階段の一段目に片足をかけ、嫌々といった様子で波瑠が答える。

「なんだそれ。帰りが遅くなる時は、仁美おばちゃんに迎えに行ってもらうことになってるだろ」

「さっき友だちのお兄ちゃんから、『友人の車で妹を迎えに来たので、ついでに波瑠ちゃんも送ります』って電話があったの。礼儀正しいし、いい人っぽかったから任せちゃった」

あっさりと、仁美が返す。呆れて、時生は言った。

「『任せちゃった』じゃないだろ。電話一本で知りもしない男に年頃の姪《めい》を預けるなんて、あり得ないよ。もし、何かあったら」

「キモっ」

その声に視線を階段の前に戻すと、波瑠が尖った目で時生を見ていた。口を開こうとした時生を遮り、波瑠は言った。

「『何かあったら』ってなに？　ある訳ないし、ちゃんと帰って来たじゃん。それに妹って、同じクラスの咲良《さくら》ちゃんだよ。パパも会ったことあるでしょ」

「でも、お兄さんには会ってない。いいか、波瑠。世の中には、お前が考えてる何倍も悪いやつがいるんだ。そういう連中は、まずお前や周りを安心させてから――」

「だから、そういうのがキモいんだって。ママがいた頃、パパは自分のことばっかだったよね？　今さらなに？　ウザいだけだし、ママは戻って来ないよ」

怒りと苛立ちの滲む声で捲し立て、波瑠は階段を駆け上って行った。「待ちなさい！」と呼びかける時生の声に、波瑠が二階の自室のドアを閉めるばたんという音が届く。時生

も階段を上がろうとした時、

「パパ〜！」

「お帰り〜！」

「なになに。どうしたの？」

と声がして、仁美の脇から小さな人影が飛び出して来た。四歳の次女・絵理奈《えりな》と三女・香里奈《かりな》の双子と、十歳の長男・有人《あると》だ。色柄違いのパジャマを着た三人に向き直り、時生は訊ねた。

「まだ起きてたの？」

「寝てたけど、喉が渇いちゃったの」

「仁美おばちゃんに、牛乳もらって飲んだの」

双子が返し、時生にまとわりついて来る。おどけて手脚を動かしながら、有人も答える。

「俺は腹減っちゃったから、魚肉ソーセージ食った」

時生はまず「『僕はお腹が空いたから、魚肉ソーセージを食べた』でしょ」と有人に注意してから子どもたちの顔を眺め、「寝なさい。もう一度歯磨きしてからね」と促した。

「は〜い」と素直に返し、子どもたちは玄関の脇にある洗面所に向かった。それに付き添うために仁美も歩きだしたが、時生とすれ違いざまに立ち止まって言った。

「波瑠ぐらいの歳の女子は、父親が自分のことを考えてるってだけで『キモっ！』てなるのよ。私もそうだったもん」

「それでも、言うべきことを言うのが父親だろ。ていうか、しっかりしてくれよ。家のことをしてもらうために、一緒に住んでもらってるんだから」

「はいはい、わかってます。でも、母親の仕事は母親にしかできないからね」

肩をすくめて返し、仁美は洗面所に入った。「母親の仕事は母親にしかできない」。その言葉はずっしりと重く、時生は無力さと悔しさを覚え、負い目も感じた。しかし何も言わず、ビジネスバッグを片手に廊下を進んでドアの奥のダイニングキッチンに入った。

一男三女に恵まれた時生だが、妻はこの家にはいない。そこでバツイチ・四十一歳の仁美と同居して家事と子どもたちの世話を任せているのだが、もともとガサツかつズボラな性格の仁美はアテにできない。そのうえ波瑠は妹たちの面倒は見ているものの、思春期兼反抗期のまっただ中。職場では事件と南雲に振り回され、家に帰ったら帰ったで頭の痛い問題がある。これが時生の日常で、退屈とは無縁だが、気が休まるヒマもない。

7

翌日。時生と南雲は夜勤だった。警視庁の警察官は四交替制で、日勤にあたる第一当番、夜勤にあたる第二当番、夜勤明けの非番、休日を繰り返している。夜勤の日は午後三時半出勤だが、時生は午前十時に一旦署に行き、外出した。

最寄り駅から電車に乗り、中野坂上《なかのさかうえ》にある綾部美桜の自宅に向かった。地下鉄を降りて伊東真佑に教わった住所を頼りに、左右に住宅が並ぶ一方通行の狭い通りを進む。目当てのアパートは軽鉄筋の二階建てで、建物の外には鉄製の階段が取り付けられている。敷地の脇から覗くと、二階の端にある美桜の部屋のベランダでは、アジア系の外国人の女性が洗濯物を干していた。と、通りの先から南雲が歩いて来た。ここで落ち合い、聞き込みをする予定だ。

「お疲れ。このアパートの何部屋かは、いわゆる民泊《みんぱく》に貸し出してるんだって。美桜が住んでたのもその一つで、先月末にチェックアウト済み」

「よくわかりましたね。民泊の運営会社に訊いたんですか?」

「うん。美桜の知人だって言ったら怪しまれたけど、運営会社の社長は年配の女性で、僕のスケッチブックに興味を示したんだ。だから『似顔絵をプレゼントします』って言って、三割増しで美人に描いてあげたら大喜びで話を聞かせてくれたよ。でも、『孫の似顔絵も描いて送って』って頼まれちゃったけどね」

朗らかに語り、南雲は片手で表紙が深紅のスケッチブックを持ち上げ、もう片方の手に握った青い鉛筆で通りの後ろを指した。「ははあ」と時生が返すと、こう続けた。

「美桜は部屋を四カ月借りて、家賃は現金で前払いだって。綾部美桜名義で借りたそうだけど、運営会社は身分証などの提示は求めなかったらしいよ」

「わかりました」

似顔絵を描きながら聞き出したのか。適当なようでいて、やる時はやるんだよな。時生がつい感心すると、

「てな訳で、ここには手がかりはない。行こう」

と促し、南雲は通りを駅の方に歩きだした。

大通り沿いに並ぶコンビニやファストフードショップ、クリーニング店などで美桜の写真を見せ、話を聞いた。しかし返事は、「見たことがない」「覚えていない」だった。

「美桜は詐欺目的で婚活アプリに登録し、アパートまで借りたんでしょう。用意周到で警戒心も強そうだし、この辺りの店は利用していないかも。アプリの運営会社に問い合わせれば身元が割れるかもしれないけど、非公式な捜査だしなあ」

通りを歩きながら、時生は言った。隣で南雲が応える。

「白石さんが言ってた通り、こっちがやることをやれば、伊東さんも諦めが付くでしょ……あの店に入ろうよ。喉が渇いちゃった」

そう告げて、通りの先のドラッグストアに向かう。真夏日で、歩いていると首筋が日焼けしていくのがわかった。

南雲に続き、時生もドラッグストアに入った。広い店内には棚が並び、薬や化粧品、生

って来た。

活雑貨が陳列されている。その中に「特価！　お一人様一点限り　２０８円」のポップが付いた五箱パックのティッシュペーパーを見つけ時生が心を動かされていると、南雲がやって来た。

「新製品のジュースがあったよ。小暮くんも飲むよね？　僕はレモン味で、小暮くんはケール味ね。後で一口ちょうだい」

目を輝かせて告げ、手にした二本のペットボトルを見せる。時生は、

「飲みますけど、ジュースよりお茶の方が。しかもケール味って」

と返したが、南雲はいそいそと奥のレジに向かった。仕方なく、時生も続く。

「いらっしゃいませ」

レジの中で店員が会釈をした。べっ甲風のフレームのメガネをかけた中年男で、スタンドカラーの白衣風のユニフォームを着ている。ペットボトルをカウンターに置き、南雲は店員の男に微笑みかけた。

「どうも。暑いですね」

「本当にねえ。今年も猛暑らしいですよ」

大袈裟《おおげさ》に眉根を寄せ、レジのリーダーでペットボトルのバーコードをスキャンしながら男が応える。代金を支払ってペットボトルを受け取ると、南雲は言った。

「人捜しをしてるんだけど、この女性を知ってます？」

ジャケットのポケットからスマホを出し、男の前に差し出す。そこには美桜の写真が表示されている。写真を見た男は、思わずといった様子で「ああ。この人」と頷いた。しかし時生が「ご存じですか?」と身を乗り出すと、警戒した様子で問い返した。

「あなたたち、何なんですか?」

すると南雲は男に笑顔を向けたまま、肘で時生の腕を突いた。仕方なく、時生は一旦署に行った時に持って来た警察手帳をポケットから出す。それを見た男は、納得したように答えた。

「このところお見かけしませんけど、お得意様ですよ。週に一、二回来店して、たくさんお買い上げいただきました」

「どんなものを買いましたか?」

「詳しくは覚えていませんけど、とにかく一度にドカッと——うちのメンバーズカードを作って下さったので、調べればわかると思います」

「お願いします」

時生は促し、男はカウンターの中のタブレット端末を手にした。間もなく、男は「多分、この方ですよ」とタブレット端末の画面を見せた。

そこには表があり、上に会員番号と名前、下に来店日と時間、購入した商品、代金などが表示されていた。確かに三カ月前から週に一、二回のペースで来店し、毎回一万円近く買い物をしている。登録された名前が「田中《たなか》あかり」となっているのに気づき、時生も美桜の写真を見せて問うた。

「この女性で間違いないですね？」

男が「ええ」と頷いたので、会員データをプリントアウトしてもらい、礼を言ってドラッグストアを出た。

その後、ドラッグストアに絞って聞き込みを続けた。結果、美桜は中野坂上駅近辺の他のドラッグストアでも週に一、二回来店し、一万円近く買い物をしていた。

「他の店でもメンバーズカードを作ってるけど、名前は『佐藤真澄《さとうますみ》』に『佐々木《ささき》ちひろ』『鈴木利恵《すずきりえ》』。田中あかりと綾部美桜を含め、偽名でしょうね」

脱いだスーツのジャケットを膝に載せ、時生はため息をついた。聞き込みを終え、駅近くの広場のベンチで一休みしている。返事がないので隣を見ると、南雲は手にした紙を眺めていた。他のドラッグストアでもプリントアウトしてもらった、美桜の会員データだ。

「僕にわかるのはシャンプーぐらいですけど、美桜はどの店でも化粧品を買い込んでいるようですね。その割に伊東さんは『美桜はナチュラルメイクだった』と話してたし、写真もそんな感じですよね」

そう続け時生は首を傾げたが、南雲は顔を上げて言った。

「署に行こう」

美桜の会員データをスケッチブックに挟み、立ち上がって歩きだす。慌てて、時生も続いた。

8

楠町西署に着いたのは、午後一時前だった。駐車場で待っていると、すぐに剛田力哉がやって来た。制服姿の若い女性署員も一緒だ。南雲は二人に「やあ」と手を振り、時生は頭を下げた。

「呼び出してごめんね」

「いえ。夜勤明けで帰るところだったので」

にこやかに剛田が返し、女性署員も、

「私も今日はこれから昼休みなので、大丈夫です」

と応え、手にした小さなトートバッグを持ち上げて見せた。瀬名花蓮《せなかれん》といい、刑事課で事務を担当している巡査だ。

「で、持って来た?」

南雲が訊き、剛田は「ええ」と返し、ポケットからキーを出して傍らの白いセダンに向けた。電子音がしてドアが解錠され、南雲と剛田、瀬名が後部座席に乗り込み、時生も周囲を確認してから運転席に乗った。

広場から中野坂上駅に行き電車を待つ間に、南雲は誰かに電話をかけた。話の内容から、時生は電話の相手が剛田で、四十分後に刑事課の車のキー持参で、瀬名も連れて駐車場に来てと頼んでいるとわかった。電話を切った南雲にどういうことかと訊ねたが、「すぐにわかるよ」としか答えてくれなかった。

「これを見て。ある女性がドラッグストアで買ったものなんだけど、解説して欲しいんだ」

南雲は告げ、スケッチブックから美桜の会員データを出して隣の二人に渡した。それを聞き、時生は南雲の意図が読めた。趣味は美容だという剛田は化粧品や美容法に詳しく、瀬名も以前、メイク雑誌と化粧品のパンフレットを持っているのを見たことがある。

会員データに目を通しながら、剛田が言った。

「コスメを爆買《ばくが》いしてますね。この人、かなりのフリークですよ」

「しかも研究熱心。新製品や話題のアイテムは網羅してます。ドラッグストアで買える、プチプラだけど優秀なアイテムばっかりです」

感心したように、瀬名もコメントする。「ふうん」と呟き、南雲は問うた。

「買ったコスメで、どんなメイクができるの？　具体的に教えて……小暮くんはメモ」

訳がわからないまま時生は「はい」と返し、ポケットから手帳とペンを取り出した。

「そうですね……わかりやすいのは、アイテープ。接着剤付きの透明で細長いテープで、まぶたに貼るとくっきりした二重まぶたがつくれます」

会員データの一箇所を指し、剛田が答えた。運転席からそれを見る時生の頭に美桜の顔写真が浮かび、そう言えば一重または奥二重の厚ぼったいまぶただったなと思い出した。

「こっちのお店では、バーガンディーのアイライナーとライトブラウンとダークブラウンのアイシャドウを買ってます。目頭と目尻の脇にアイライナーで細く線を引いて、ライトブラウンのアイシャドウを上まぶた全体、ダークブラウンを上まぶたの黒目の上あたりに塗ると、切れ長でぱっちりした印象の目になるんですよ」

瀬名も言い、指先をまぶたの上で動かして見せる。

「なるほど。バーガンディーは目の粘膜と馴染《なじ》みのいい色だから、自然に見えるね」

南雲が返し、瀬名は「そうそう」と首を縦に振る。一方時生は、化粧品メーカーだろうと思っていたバーガンディーが、色の名前らしいと気づく。と、瀬名が声を上げた。

「あっ。星花堂《せいかどう》の涙袋《なみだぶくろ》ライナーを買ってる。これ、便利なんですよね」

「涙袋っていうのは、下まぶたの下の膨らみのことです。星花堂のアイライナーで影を付けると、ぷっくりしてキュートな涙袋がつくれるんです」

すかさず、剛田が解説する。その間に瀬名は膝に載せたトートバッグからメイクポーチを取り出し、細長いスティックを摑んで「私も使ってます」とかざした。スティックの先端に付けられた透明のキャップ越しに、細い筆のようなものが見える。それを眺めながら、時生は訊ねた。

「涙袋って、ぷっくりしてるとキュートなの？」

すると瀬名と剛田は声を揃え、「もちろんです！」と即答した。

その後も剛田たちの解説は続き、会員データにあったハイライトとノーズシャドウ、細めのフェイスブラシを使うと鼻を高く、小鼻を小さく見せられること、リッププランパーとリップコンシーラーを使うと、艶やかでふっくらした唇をつくれること、さらにリフトアップテープを顎の脇や耳の後ろに貼ると、小顔に見せたり、シワとたるみを隠したりする効果があることがわかった。それに対して時生は驚いたり感心したりしながら手帳にメモし、南雲はふんふんと頷いていた。

三十分ほどで話を聞き終え、南雲は「お礼にランチを奢《おご》るよ」と瀬名とともに署の五階にある食堂に向かい、時生は警視庁の独身寮に帰るという剛田を見送るため、署の門まで歩いた。

「ありがとう。助かったよ。事情があって、詳しいことは話せないんだけど」

「大丈夫です。訊かれたから答えただけなので」

あっさりと、剛田は返した。少し戸惑ってから、時生は訊ねた。

「本当に美容が好きなんだね。ちなみに、剛田くんもメイクをするの？」

「もちろん……でも、勤務中はノーメイクですよ。スキンケアと日焼け止めだけ」

「ははあ」

時生が間の抜けた相づちを打つと、剛田は、

「また役に立てそうなことがあれば言って下さい。小暮さんと南雲さんには、お世話になりましたから」

と言い、「お疲れ様です」と会釈して門から出て行った。少し前、時生たちは剛田に頼まれ、あるユーチューバーの女性を巡る事件を捜査した。

見た目や言うことは今どきの若い子なんだけど、義理堅くて熱いところもあるんだよな。そう思いながら時生は「お疲れ」と返し、細身のスーツに包まれた剛田の背中を見送った。

9

同じ日の午後九時。時生と南雲は、楠町西署二階の刑事課にいた。部屋の手前に置かれた打ち合わせ用のテーブルに、本庁科学捜査研究所の野中琴音と向かい合って着いている。

「山口直江の事件ですが、特別捜査本部はヘビやトカゲ、虫の入手ルートからリプロマーダーに辿り着けないかと考えたようです。でも販売店やブリーダーを洗っても、これといった手がかりは得られていないとか」

硬い表情で、野中は報告した。たっぷりとしたつくりのベージュのパンツスーツに、どこかのバンドのグッズと思しき、モヒカン頭の男がマイクを手に大きく口を開けたイラストの描かれたTシャツを合わせている。

僕と南雲さんの予想通りだなと思いつつ、時生は「そう」と返した。隣の南雲は左手に青い鉛筆を握り、テーブルに載せたスケッチブックに何か描いている。広い部屋にいるのは当番の時生たちと野中だけで、天井の照明も奥半分は消されている。野中は今夜、リプロマーダーと相対した唯一の人物である時生に改めて話を聞くという口実でここに来た。

「で、琴音ちゃんのプロファイリングは？」

スケッチブックに目を落として手を動かしながら、南雲は問うた。日本の警察官は右手で拳銃を持つように義務づけられているため、彼のような左利きは珍しい。野中が答える。

「犯罪のカテゴリーとしては、劇場型。舞台は東京の街で、主役は犯人、被害者が脇役で警察は敵役、それをマスコミや市民が見物するという構造が典型的です。山口もこれまでの四人同様いわゆる悪人なので、ネットなどでは『現代の仕置き人が帰って来た』『ダークヒーロー再降臨』などと騒ぐ動きもみられます」

南雲は手を止めずにふんふんと頷き、野中は続けた。

「いわゆるシリアルキラーに分類され、犯人像としては秩序型《ちつじょ》。高い知能とコミュニケーション能力を持ち、裕福で社会的地位も高い。三十代から五十代の男性で、共犯者がいる可能性もあります。シリアルキラーには四つのタイプがあると言われていて、リプロマーダーはこのうちの快楽主義者と考えられますが、悪人をターゲットにしているところは、自分は社会の悪を正していると自己を正当化する使命、すなわちミッション系の傾向もあり、さらなる分析が必要です」

「マニュアル通りだね。美しくない」

話を聞き終えるなりきっぱりと、南雲は告げた。啞然《あぜん》とした野中だったがすぐに息をつき、「南雲さんの『美しくない』、十二年ぶりに聞いたわ」と呟いた。フォローのつもりで、時生も口を開いた。

「リプロマーダーが犯行を再開したなら、新たな被害者が出ないようにしないと。また悪人を狙うんだろうから目星をつけて警護しながら張り込み、リプロマーダーを待ち伏せするんだ」

「もちろんそれは捜査本部も考えてるけど、いわゆる悪人が東京だけでもどれだけいると思う？　育児放棄、保険金殺人、パワハラ、婦女暴行と、被害者が関わった犯罪はばらけているから、いま私と同僚のプロファイラーがリプロマーダーは次にどんな犯罪を選びそうか、それに該当する絵画はあるかをリサーチしているところよ」

タメ口になり、野中が返す。すると南雲は一旦手を止めて「ますます美しくない」と呟き、また手を動かし始めた。時生は訊ねた。

「どういう意味ですか?」

「リプロマーダーはアートを愛し、造詣も深い人物だよ。根拠は、選んだ絵画の再現度の高さ。それに有名無名を問わず、人間の死をモチーフにした優れた絵画を選んでいるところも。思うに、リプロマーダーは罪に絵画を当てはめるんじゃなく、再現しようと決めた絵画にふさわしい罪、悪人を選んでいるね」

自信に満ち、かつリプロマーダーを称賛するようなその口調に、野中は呆れ顔になる。一方時生は胸が騒ぎ、隣に身を乗り出して語りかけた。

「それ、十二年前にも言っていましたよね。でも特別捜査本部では取り合ってもらえず、南雲さんは独断で絵画をピックアップし、僕が悪人を選んだ。でも、悪人の家に駆け付けると彼は殺された後で、そこにいたリプロマーダーらしき人物は逃げた。南雲さんが応援を呼んでいる間に僕はそいつを追いかけたけど、襲われて取り逃がしてしまった」

知らず早口になり野中の視線を感じたが、構わず南雲の横顔を覗いた。すると南雲は再び手を止め、こう応えた。

「ああ、そうだったね。エドゥアール・マネの『自殺』。四人目の被害者だ」

口調も表情も呑気《のんき》で、他人事のようだ。苛立ちを覚えた時生だが、絶好のチャンスと斬り込んだ。

「ええ。被害者は救えなかったけど、僕らの読みは当たっていたんです。なら、次の犯行は？　南雲さんがリプロマーダーだとしたら、どんな絵を再現したいですか？」

極力さりげなく、とくに「南雲さんがリプロマーダーだとしたら」と言う時には気をつけたつもりだ。と、南雲が時生を見た。胸がどきりと鳴って時生が緊張した直後、南雲は、

「いい質問だね」

と言い、にっこりと笑った。「どこが？」と野中は突っ込んだが、時生はその笑顔の屈託のなさに強い疑惑を覚えた。笑顔のまま、南雲は続けた。

「でも、教えない。事件の捜査や推理ってすごくクリエイティブで、創作活動に近いと思うんだよね。だとすると、僕は創作の過程は公にしない主義で」

とたんに落胆し、時生は返した。

「またそれですか。説明してもらわなくても、何度も聞いて覚えてますよ」

「琴音ちゃんは初めてでしょ」

「十二年ぶりだけど、初めてじゃありませんよ……ていうか、さっきから何を描いてるんですか？」

そう問いかけ、野中は首を突き出して南雲のスケッチブックを覗いた。つられて時生も覗くと、女の顔らしきものが描かれている。スケッチブックを持ち上げて向かいに見せ、南雲は問い返した。

「美人でしょ？」

「ええ。誰ですか？　まさか、南雲さんの彼女？」

野中はさらに首を突き出し、南雲は「さあ」と笑う。うんざりして、時生は言った。

「昼間話してたやつでしょ？　民泊を運営してる会社の社長に頼まれた、孫の似顔絵」

「民泊？　何それ」と野中が騒いだので、時生は「話の続きなんだけど」と軌道修正した。

野中が真顔に戻り、南雲もスケッチブックを下ろす。

南雲さんは「でも、教えない」とはぐらかしたけど、僕が「リプロマーダーだとしたら？」と訊いた時、笑うのと同時に目が鋭く光っていた。そう思い返し、時生は手応えと興奮を覚えながら話を続けた。

10

翌朝十時。日勤の刑事と交代して、時生と南雲の当番勤務は終わった。帰り支度をしていると、南雲のスマホが鳴った。あくびを堪えながら電話に出た南雲は二言三言話して通話を終え、時生に「中野坂上に行こう」と告げた。訊けば、電話の相手は昨日最初に聞き込みをしたドラッグストアの店主で、念のため連絡先を伝えたところ、たまに行くカフェで美桜を見かけたことがあるのを思い出した、と報せてくれたらしい。

電車を乗り継ぎ、中野坂上に移動した。目指す店は「ヒルトップカフェ」といい、山手《やまて》通り沿いにあった。広くはないがウッドデッキを備え、通りに面した壁はガラス張りと開放的な雰囲気だ。ドアから入店すると、「いらっしゃいませ」と女性の店員が声をかけてきた。スポーティーな雰囲気の美人で、すらりとした体に白いシャツとジーンズをまとい、黒い胸当てエプロンを付けている。歳は三十代半ばか。

女性の店員に「お好きな席にどうぞ」と促されたので、時生たちは通路を進んだ。フローリングの床のあちこちに背の高い観葉植物の鉢植えが置かれ、並んだ白いテーブルには、早めのランチを摂りに来たらしいOL風の女性が何人か着いていた。

「主な客は、近所の住人とオフィスで働いている人。常連も多そうですね」

奥のテーブルに落ち着き、時生は言った。今日も暑いのでエアコンの冷気が心地いい。一方南雲はテーブルにスケッチブックを置き、メニューを取って眺めだした。

「やった、ガレットがある……知ってる？　フランスのブルターニュ地方の料理で、薄く丸く焼いたそば粉の生地に、ハムや卵、チーズを載せて正方形に折り畳むんだ」

「要はクレープでしょ？　ていうか、食事するつもりですか？　まずは聞き込みでしょう」

時生は咎めたが南雲は、「違うよ。クレープは小麦粉だし、両面を焼くでしょ。でもガレットは片面だけを」と語りだした。そこに、さっきの女性の店員がトレイを抱えてやって来た。彼女がテーブルにおしぼりと水のグラスを置くのを待ち、時生は口を開いた。

「コーヒーとカフェラテを。それと、この女性を捜しているんですがご存じですか？」

そう訊ね、スマホの画面に表示させた美桜の写真を見せる。「さあ」と首を傾げた女性の店員だったが、写真を見直し「ひょっとして」と呟く。時生はさらに言った。

「突然すみません。この女《ひと》は会社の同僚なんですが、連絡が取れないんです。この近くに住んでいたので話を聞いて回っていたら、駅前の『カインドドラッグ』の岡部《おかべ》さんがこちらで彼女を見かけたと教えて下さいました」

「ああ、岡部さん……そうですか。これ、カンナちゃんですよね？」

頷いてから、女性の店員は問うた。ここではカンナと名乗っていたのかと思いつつ、時生は「ええ」と返す。すると女性の店員は、「ちょっと待って下さい。店長を呼んで来ます」と告げて歩き去った。

間もなく、奥から店長の男がやって来た。背が高く彫りの深い整った顔立ちで、浅黒い肌にシルバーのピアスやネックレスが似合っている。歳は四十手前か。女性の店員と同じエプロンを着けているが、調味料などがはねているので調理担当か。左手の薬指に女性の店員とペアの指輪をはめているので、夫婦でここを切り盛りしているのだろう。

時生が立ち上がって頭を下げると、店長の男も会釈した。

「事情は伺いました。カンナちゃんは常連さんでしたけど、世間話程度しかしたことないんですよ。しばらくいらしていませんし」

眉根を寄せ、申し訳なさそうに言う。「そうですか」と落胆の表情をつくりながら、時生は質問を続けた。

「しばらくというのは、三カ月ぐらいですか？　でしたら、僕らがカンナさんと連絡が取れなくなった時期と重なります」

「どうだったかな」

店長の男が首を傾げた時、コーヒーとカフェラテが載ったトレイを抱えた女性の店員がやって来て答えた。

「その通りです。最後に来てくれたのは四月末、ゴールデンウィークの前でした」

「ふうん」

南雲が呟き、時生も胸に引っかかるものを覚えた。しかし「わかりました」と返し、質問を続けた。

「最後に来た時、カンナさんは何か言っていませんでしたか？　どこに行くとか、何をするとか」

「いいえ。でも、挨拶はしてくれました。『もう来られなくなりました。ありがとうございました。さようなら』って」

今度は店長の男が答え、南雲も会話に加わった。

「奥さん。写真を見た時、最初は誰かわからず、少ししてカンナさんだと気づきましたよね？　あれはひょっとして、メイクのせい？」

「ええ。うちに来てくれる時はいつも可愛くメイクして、髪もアレンジしていたので。写真は、ほとんどすっぴんだったでしょう？」

「そうですか。ありがとう」

朗らかに答え、南雲は「ガレットのランチセットを二つ下さい」とメニューを指してオーダーした。

昼食を摂りながら、店主夫妻に話を聞いた。夫妻は鈴鹿英雅《すずかひでまさ》、優美花《ゆみか》といい、六年前にヒルトップカフェを始めたそうだ。美桜はここでは「平野《ひらの》カンナ」と名乗り、近くの会社で働いていると話したらしい。いつも一人で来てランチやお茶をしていくだけだが、今年の初めから週に三、四回は通っていた模様だ。

一時間ほどで、時生たちはヒルトップカフェを出た。駅に通じる坂を上り始めながら時生が口を開こうとすると、先に南雲が言った。

「ヒルトップカフェを張り込んでみよう」

「僕も同じことを考えてました。鈴鹿優美花は、美桜が最後に来たのはゴールデンウィークの前と言いましたけど、常連とはいえ、繁盛店で女性客が多いのにはっきり覚えてるのは不自然です」

そう捲し立てた矢先、ジャケットのポケットでスマホが鳴った。取り出して見ると、画面には「伊東さん」とあった。立ち止まってスマホを構え、時生は応えた。

「小暮です」

「伊東ですけど、どうですか？　美桜がどこにいるかわかりましたか？」

勢いよく、伊東が問いかけてきた。病院の外にいるのか、車の音が漏れ聞こえてくる。

「まだ二日ですから。でも、わかったこともあります。中野坂上のヒルトップカフェという店はご存じですか？」

「知りません。そこがどうかしたんですか？　美桜が――」

と、伸びて来た手にスマホを奪われた。振り向いた時生の目に、スマホを耳に当てる南雲の姿が映る。時生が口を開くより早く、南雲は言った。

「伊東さん。あなたにレオナルド・ダ・ヴィンチのこの言葉を贈りましょう。『最高の愛は、相手を深く認識することから生まれる。もしあなたが相手を正しく認識していないなら、ほとんど、いや、まったく愛せてはいないだろう。また、もしあなたが相手を愛する理由が自分の欲望を満たすためで、美徳のためでないなら、あなたは犬と同じだ。犬は骨をくれるかもしれない人には後ろ脚で立ち上がり、尻尾を振って歓迎するものだから』」

一瞬の間があって、時生のスマホから伊東が憤慨する声が流れた。時生はスマホを取り返そうとしたが、南雲は「じゃ」と告げて電話を切った。そして時生にスマホを返し、

「張り込みは今夜からやろう。車を用意して連絡して」

と告げ、車道に向き直った。そしてタクシーを停め、時生に手を振って後部座席に乗り込んだ。呆気に取られ山手通りを遠ざかって行くタクシーを見ていた時生だが、閃《ひらめ》くものがあり、後続のタクシーを停めた。後部座席に乗り込むと運転手に南雲のタクシーを追うように告げ、シートベルトを締めた。

11

三十分ほど走り、南雲が乗ったタクシーは千代田区の神田神保町《かんだじんぼうちょう》で停まった。この辺りは書店街で、広い通り沿いに大小の古書・新刊を売る店が並んでいる。南雲はタクシーを降りて歩道を歩きだし、時生も少し間を空けて倣《なら》った。

少し歩き、南雲は一軒の書店に入った。歴史を感じさせる石造りのビルで、ガラスのドアの周りには紐《ひも》で縛られた本が山積みにされ、「近代西洋絵画全集全5巻　5000円」「クリムト　画集初版　3500円」といった短冊がぶら下げられている。その間を抜け、時生も入店した。

天井が吹き抜けの広いフロアに棚が何台も並び、そこに画集や写真集、学術書などが詰まっている。美術書専門の古書店らしく、洋書も多い。カビと埃《ほこり》の臭いをはらんだ空気が鼻を突いたが、南雲はその空気を楽しむように通路に立ち止まり、深呼吸している。

「南雲さん、いらっしゃい。この間、古閑塁さんが来てくれたんだよ」

語りかけながら、奥から店主らしき年配の男性が出て来た。南雲はにこやかに「どうも」と返し、二人は話しながら通路を進んで行った。平行して走る隣の通路に移動し、時生も続く。薄暗くしんとした店内には、他にも数人の客がいた。

通路の端まで行き棚の間から覗くと、南雲は年配の男と談笑しながら時々立ち止まり、スケッチブックを脇に挟んで棚から本を抜き取った。そして本をぱらぱらと読み、「これを買います」と言うように年配の男に渡してまた歩きだした。

時生の頭には昨夜、野中と三人で交わした会話があり、南雲が何らかの動きを見せるかとここまで尾行して来た。しかし南雲は年配の男と談笑し続け、選んだ本もリプロマーダー事件とは関係がなさそうな画集や学術書ばかりだった。

しばらくして南雲が選んだ本は十冊ほどになり、年配の男はそれを抱えてレジカウンターに向かった。一方南雲は店内を進み、奥の壁際に設《しつら》えられた階段で二階に上がった。時生も続くと、二階にも本棚と通路が並んでいた。南雲の姿は前方の壁際に設置された棚の前にあり、画集らしき大判の本を手に取って眺めている。一台後ろの棚の陰からそれを覗き、時生は小さく息をついた。

あの画集も、リプロマーダー事件とは無関係だろうな。人に「車を用意して」とか言って、自分は優雅にショッピングか。そう思い、がっかりするのと同時に夜勤の疲れを感じた。家に帰って夜のために休もうと決め、最後の確認のつもりで南雲を見てはっとした。

この店は、通りに面した壁がガラス張りになっている。そこからは柔らかな外光が差し込み、二階の棚の手前に立つ南雲を照らしている。その大きな目は昨夜と同じように鋭く光り、口元にはうっすらと笑みが浮かんでいた。ぞくりと、これまでに感じたことのない寒気が背筋を走り、時生は南雲の横顔に見入った。同時に、彼が何を見ているのか確認しようと目をこらした。すると、南雲はぱたんと画集を閉じ、顔を上げた。時生は慌てて首を引っ込め、南雲は画集を棚に戻して階段に向かった。階段を下りた南雲が戻って来ないのを確認し、時生は南雲がいた棚の前に移動した。

手ぶらで階段を下りて行ったから、画集は棚に戻したはず。そう思い視線を巡らせると、並んだ本の中にそれらしき黒い背表紙を見つけた。引き抜いて眺めたところ、複数の画家の作品を収録した画集らしく、表紙の文字は英語だった。時生は画集を摑み、南雲が見ていた中ほどのページを開いた。数点の絵画が載っていたが、綺麗な風景画や人物画ばかりだ。じゃあ、あの南雲の表情はなんだったのかと考えながらさらにページを捲ったとたん、時生は、

「わっ」

と小さく声を漏らし、手を止めた。

画集の見開き二ページを使い、一枚の絵が載っていた。荒野《こうや》を思わせる黄色い大地の真

ん中に、おびただしい数の人間の頭蓋骨が歪んだピラミッド形に積み上げられている。頭蓋骨は横向きや後ろ向き、上下が逆さまになっているもの、顎《あご》から下がないものもあった。さらにピラミッドのてっぺんと側面にはカラスが留まり、上空を舞ったり、傍らに生えた枯れ木に留まっているものもいた。絵の下に添えられた画家の名前は、ロシア語らしき文字で書かれている。何とも不気味でおぞましい絵だが、描いた人の強い意志のようなものも伝わってくる。

間違いない。南雲さんは、これを見ていたんだ。鼓動が速まるのを感じるのと同時に湧き上がる興奮を覚え、時生は絵を見つめ続けた。

12

しばらく考え込んだ後、鈴鹿優美花は商品棚に手を伸ばした。そこに並ぶのがワインのボトルだと確認し、南雲士郎は声をかけた。

「白もいいけど、僕のお勧めは赤だな」

驚いて手を引っ込め、優美花が振り向く。「こんばんは」と南雲が微笑みかけると、優美花は戸惑ったように返した。

「こんばんは。カンナちゃんを捜してる方ですよね。お名前は確か……」

「南雲士郎です。お店に伺った際、ついでにここに寄ったら気に入ったのでまた来ました。いい店ですね。ワインの品揃えがいいし、魚の鮮度が抜群」

店内を見回し、語る。ここは中野坂上駅にほど近いスーパーマーケットで、時刻は午後八時過ぎだ。客はまばらだが、黒い三つ揃いを着て片手に表紙が深紅のスケッチブック、もう片方の手には、スーパーマーケットの店名入りのカゴを持つ南雲を不思議そうに見て行く人もいる。

納得した様子で、優美花は「そうでしたか」と頷いた。

「本当にいいお店なんですよ。こんな時間でも魚や野菜が新鮮だし。今日もおいしそうなカンパチがあったので、カルパッチョにしようかなって」

そう言って指した金属製のショッピングカートには、発泡スチロール製の皿に入ってラップされた薄赤い魚の切り身があった。

「だと思って、赤ワインをお勧めしました。魚には白ワインというのが常識だけど、カンパチやマグロ、カツオなどの脂がしっかりしてうま味も強い赤身魚には、赤ワインを合わせるのが……なんてことは、飲食のプロの優美花さんならご存じですよね。失礼しました」

蘊蓄《うんちく》を中断して南雲が頭を下げると、優美花は「とんでもない」と首を横に振った。

「うちでガレットを召し上がった時もお連れの方に解説されていたし、南雲さんはグルメなんですね」

「食い意地が張っているだけです」

南雲は即答し、優美花は「私も同じです」と笑った。

ヒルトップカフェを訪ねた夜から、南雲は時生と張り込みを始めた。結果、鈴鹿夫妻は店から徒歩十分ほどのマンションで暮らし、子どもは小学生の女の子が二人だとわかった。夫妻は午前九時前に出勤し、十一時の開店から午後八時の閉店まで働く。その後、妻の優美花は帰宅し、夫の英雅は店に残って片付けや翌日の仕込みをし、午後十時前に帰るという生活を送っているようだ。しかし怪しい動きはないまま三日目となり、自分で張り込みを提案したこともあり、南雲はどうしたものかと考えた。そこでさっき閉店した店を出て行く優美花を見て、一人でここまで付いて来た。

「カンナちゃんはまだ見つかりませんか？　心配ですね」

真険な表情で、優美花が訊いてきた。チャンスと感じ、南雲は言った。

「ええ。優美花さんは、カンナさんを気にかけていたようですね。でもそれは、英雅さんに対する振る舞いへの不安、警戒という意味では？　実はカンナさんは、他の男性ともトラブルを起こしています」

「トラブルって、本当ですか？」

「はい。英雅さんはイケメンだし、カンナさんの好みなので気になって」

トラブルは事実だし、感じのいいイケメンはみんなに好かれる。独自の論理に基づき、南雲は答えた。すると、優美花は潜めた声でこう続けた。

「南雲さんのおっしゃるとおりです。はじめに店に来た時、カンナちゃんはナチュラルメイクで服もカジュアルでした。でも二回三回と来るうちに、どんどん凝ったメイクと洒落《しゃれ》た服になっていきました。しかも、夫を見る目や話し方が露骨で。夫がカンナちゃんを相手にしていないのは明らかでしたけど、いい気持ちはしませんでした。だからもう来られないと言われた時は、正直ほっとしたんです」

「相手にしていないのは明らか？　それは確かですか？」

勢いよく南雲が問うと、優美花は「ええ」と首を縦に振った。

「夫はモテるし、浮気性には苦労しています。でも私が言うのもなんですけど、すごく面食いなんです。美人が好きというか、美人以外は女じゃないと思ってるみたい」

整った顔を曇らせ、優美花はため息をつく。とたんに、南雲の頭の中に伊東真佑の顔と彼の訴え、綾部美桜を捜す過程で会った人たち、交わした会話、そして美桜の写真と、スケッチブックに描いた女の顔の絵がフラッシュバックされた。続けて一つの閃きがあって大きな衝撃が走り、頭の中が真っ白になる。と、そこに傍らからあるものが現れた。

螺旋《らせん》状の骨組みに白い帆を張ったスクリューの下に、それを回転させるためのレバーが並んだ軸と円形の土台が接続された装置。南雲が師と仰ぐ芸術家、レオナルド・ダ・ヴィンチの手によるスケッチの空飛ぶ機械、通称「空気スクリュー」だ。CG化された空気スクリューは南雲の頭の中を悠然と横切り、どこかに飛び去っていった。これは南雲が事件のヒントを見つけたり謎を解いたりした時に起こる現象で、今回も閃きは確信に変わった。

南雲は怪訝そうに自分を見ている優美花に、

「ありがとうございました。ちなみに、カンパチのカルパッチョにはピノ・ノワールがお勧めです」

と早口で告げ、棚の中から赤ワインのボトルを一本取って差し出した。優美花は反射的にボトルを受け取り、南雲は「では」と告げて店の出入口に向かった。

13

十分で戻ると言ったのに、二十分過ぎても南雲は戻らなかった。不安になり、時生がスマホを取り出そうとした時、街灯に照らされた歩道を南雲が歩み寄って来た。

「今夜も蒸し暑いねえ。はい、これ」

助手席のドアを開けながら呑気に告げ、手にしたものを時生に差し出す。受け取って見ると、アイスキャンデー。外袋には「新発売！　ゴーヤ味」とある。思わず「ゴーヤ味って」と隣を見ると、南雲が手にしているのは同じアイスキャンデーのドラゴンフルーツ味だ。どうせまた、「後で一口ちょうだい」とか言って試食だけするつもりだろ。心の中で文句を言いながら、時生は問うた。

「優美花を尾行したんでしょう？　収穫は？」

「あったよ。でも、今は教えない」

平然と答え、南雲はダッシュボードに手を伸ばした。摑み上げたのはスマホを一廻り大きくしたサイズのゲーム機で、色とりどりの四角いボタンが並んでいる。ここで食い下がったところで、「創作の過程は公にしない主義」とか何とか返されるのは明らかなので、時生は口をつぐむ。すると南雲は、アイスキャンデーを囓《かじ》りながらゲーム機を構えた。

「じゃ、さっきの続きをやろうかな。でも、僕はこういう反射神経頼りのプレイは苦手なんだよね。これには、思考力や創造力を必要とするゲームは入ってないの？」

「入っていないと思いますよ。下の娘たちがぐずった時用のおもちゃですから」

「あっそう。でもこの車、すごく面白いね」

にこやかに返し、南雲は後部座席を見た。

山手通り沿いの、ヒルトップカフェから少し離れた場所に停めたこの車は、白いワンボックスだ。張り込みに署の車は使えないので、仕方なく時生のマイカーを出した。日ごろ子どもたちを乗せているため、車内にはおもちゃやぬいぐるみがたくさんあり、後部座席にはチャイルドシートが二つ並んでいる。張り込みを始めて三日になるのに、南雲はおもちゃやぬいぐるみに興味津々で、触ったり遊んだりしている。

「面白がってないで集中して下さいよ。今夜あたり、何か起きそうな気がします」

そうぼやいた時生だったが、思い直して問いかけた。

「南雲さん。そんなに面白いなら、うちに来ますか？　おもちゃが山ほどありますよ。子どもたちや姉にも紹介したいし、一緒に食事しましょう」

切れ者だが変人として知られている南雲は、勤務が終わると即退庁し、刑事課の飲み会やレクリエーション等には一切参加しないことでも有名だ。そんな彼が誘いに乗るはずはないとわかっていたが、自宅に招けばあれこれ聞き出すチャンスなのでダメ元だ。

三日前は南雲が古書店を出た後、時生も彼が見ていた画集を買って帰宅した。自宅で改めて画集を眺め、パソコンで調べた結果、骸骨のピラミッドの絵はヴァシーリー・ヴェレシチャーギンという画家が一八七一年に描いた「戦争礼賛《らいさん》」という作品だとわかった。また、ヴァシーリーはロシアの従軍画家で、絵を収めた額縁には「過去、現在、未来のすべての征服者に捧げる」と記されていたという情報も得た。タイトルに礼賛と入っていることもあり、初め時生は戦果を讃《たた》える意図で描かれた絵だと思った。が、実は「戦争礼賛」は皮肉で、ヴァシーリーは平和主義者で絵は反戦のメッセージらしい。

南雲がリプロマーダーだとしたら、次の犯行の時に再現するつもりであの絵を見ていたのか？　しかし大量の骸骨やカラスなど、再現の難易度はこれまでの犯行とは比較にならない。さらに、ターゲットとして狙うのは国際紛争やテロに加担している者と仮定して調べてみたが、めぼしい人物は絞り切れなかった。

と、南雲が答えた。

「考えておくよ」

「えっ!?」

驚き、時生は顔を上げた。が、南雲はゲーム機をダッシュボードに戻し、前を向いてアイスキャンデーを囓っている。

「よろしくお願いします」

とっさに会釈し、時生も前を向いた。予想外の展開だが、喜びより戸惑いが大きい。何か狙いがあるのかと疑惑を覚えつつ、三十メートルほど先のヒルトップカフェを見つめる。

南雲と時生がアイスキャンデーを食べ終えた頃、明かりが消えた店から誰か出て来た。薄暗がりに目をこらすと、ポロシャツにジーンズ姿の男。出勤時と同じ格好なので、鈴鹿英雅だ。英雅は時生たちに背中を向け、山手通りを駅方向に歩きだした。時生はワンボックスカーを出し、尾行を開始した。

英雅は、山手通りを青梅街道の交差点に向かって歩いた。昨夜も一昨日《おととい》も同じようにして帰宅したので、今夜も収穫なしかという思いが時生の胸に広がる。その矢先、英雅は動いた。車道に降り、赤信号で停車していたタクシーに乗り込む。

「あっ！」

時生は声を上げ、南雲も身を乗り出す。信号が変わり、英雅が乗ったタクシーは交差点を直進し、時生も後を追った。

数台の車を挟んで尾行したところ、英雅のタクシーは山手通りを進んで渋谷《しぶや》駅の手前で停まった。降車した英雅は横道に入っていったので、時生も通行人の間を縫ってハンドルを切り、付いていった。

五分後。英雅は脇道沿いの建物に入った。小さな雑居ビルで、一階はしゃれたベーカリーだが店内の明かりは消えている。

「この店、知ってるよ。バゲットがすごくおいしいんだって。閉店してなきゃ買ったのになあ」

残念そうに南雲が言う。ベーカリーの手前でワンボックスカーを停め、時生は返した。

「バゲットってフランスパンのことですよね？　なら、英雅は商談に来たのかも。ヒルトップカフェでフランスパンを使ったサンドイッチを食べてる客を見ました。二階が店の事務所みたいだし」

ビルの二階には明かりが点り、窓ガラスにはベーカリーの看板と同じ店名のステッカーが貼られている。

「せっかく来たんだし、しばらく張ってみようよ」

手にしたスマホを操作しながら、南雲が告げた。口調は相変わらず呑気だが確信めいたものが感じられ、時生は「はい」と応えた。

それから十分。時生はワンボックスカーを降りて英雅が入ったビルのエントランスを覗いたり、二階の窓を見上げたりしたが、動きは見られなかった。ワンボックスカーの運転席に戻ると、南雲は外の明かりを頼りに開いたスケッチブックを眺めていた。

さらに張り込むこと約三分。通りの向かいを歩いて来た女性が、ビルに入って行った。歳は二十代後半。小柄な細身で、ライトブラウンのセミロングヘア。胸元の開いたミニ丈のワンピースを着ている。

「今の女性、どこかで見たような。でも、どこだろう……南雲さん、わかります？」

首を捻りながら問いかけた時生に、南雲は返した。

「美しい。完璧だ」

「はい？」と振り向いた時生の目に、うっとりとビルのドアを見ている南雲が映る。

「今の女性がですか？　ああいうタイプが好み？　確かに美人でしたけど」

すると南雲は「違うよ」と心外そうに答え、

「僕が『美しい』『完璧だ』と言ったのは、自分の推理」

と続け、スケッチブックのページを時生に向けた。そこには鉛筆で描かれた女の顔があった。「これだ！」と声を上げ、時生はスケッチブックを覗き込んだ。

「野中さんと署で話した夜に描いてた絵ですよね？　だから見覚えがあったんだ……でも、なんで？　今の女性にそっくりですけど、これは民泊の運営会社の社長に頼まれた孫の似顔絵でしょ？」

「社長の孫は、小学校三年生の男の子だよ。さて、行こうか」

スケッチブックを閉じて胸ポケットに挿した青い鉛筆の位置を直し、南雲は告げた。訳がわからず、時生は「どこへ？」と問うたが、南雲はドアを開けてワンボックスカーを降りた。そのまますたすたとビルに向かったので、慌てて時生も後を追った。

南雲はドアを開け、ビルのエントランスに進んだ。狭いスペースの横の壁にアルミ製の集合ポストがあり、向かい側の壁の前にはオートロックの操作パネルがあった。操作パネルの前に立った南雲は時生が何か言う間もなく、部屋番号とインターフォンのボタンを押した。ややあって、パネルのスピーカーから「はい」と女性の声が応えた。

「運営会社の者です。そちらのお部屋に電気系統のトラブルが起きている可能性があるので、調べさせて下さい」

パネルのマイクに向かい、南雲は淀《よど》みなく語った。怪訝そうに女性が返す。

「何ともありませんけど」

「内部で漏電しているかもしれません。危険なので、念のためにお願いします」

すると女は「はあ」と応え、エレベーターホールに通じるガラスのドアが開いた。南雲は「やった」と呟いてドアの奥に進み、時生は「まずいですよ」と後を追った。

「このビル。五階の一部屋を民泊に貸してるらしいんだよ」

エレベーターホールに着いて壁の呼びボタンを押し、南雲は説明した。

「さっきスマホで調べたんですか？　でも、あの女性がいるとは限らないでしょう。そもそも、あの女《ひと》は」

時生が疑問を呈した矢先、チャイムが鳴ってエレベーターが一階に到着した。ドアが開き、さっさと乗り込んだ南雲が手招きをする。仕方なく、時生もエレベーターに乗った。

上昇するエレベーターの中で時生はあれこれ訊ねたが、南雲は「後のお楽しみ」と笑ってはぐらかした。すぐに五階に着き、エレベーターのドアが開いた。

薄暗い廊下に出ると、南雲は「あっちだね」と片方を指して進んだ。並ぶドアの一つの前で立ち止まり、チャイムを鳴らす。足音が近づいて来てドアが開き、さっきの女性が顔を出した。

「どうも」

笑いかける南雲に、女性は無言でドアを大きく開いた。近くで見ると、南雲が描いた似顔絵にそっくりだとわかる。南雲に続き、時生も室内に入った。狭い三和土で黒革靴を脱ぎながら、隅に男物の紺色のスニーカーがあるのをチェックする。

六畳ほどの狭いワンルームだった。手前にコンロが一口の小さなキッチン、向かいにバスルームと思しきドアがあり、奥の窓の前にベッドが置かれている。そしてベッドには、鈴鹿英雅が腰かけていた。こちらを振り向いたとたん英雅はぎょっとし、時生も驚く。一方南雲はスケッチブックを脇に抱え、英雅にひらひらと手を振った。

「先日はごちそうさま。あなたのつくるガレットは絶品」

「なんで」

とっさに立ち上がった英雅だったが、脚がベッドの前のローテーブルにぶつかる。テーブルに載っていたビールの空き缶が倒れ、乾いた音を立てた。笑顔でそれを眺め、南雲はさらに言った。

「驚くのも無理はないけど、僕らが用があるのはこっちの彼女だから……たくさん名前があるみたいだけど、取りあえず綾部美桜でいい？」

後半は後ろに立つ女性を振り向き、問う。一瞬、大きな目をさらに見開いた女性だったが、訝しげな表情で問い返した。

「誰ですか、それ？　てか、そっちこそ誰？　管理会社の人じゃないでしょ？」

「正解。僕らはある人に頼まれて、きみを探してた。ある人が誰かって言うと、伊東真佑さん。知ってるよね？」

「知らないし、訳わかんないんですけど……鈴鹿さん。怖い」

怯え顔で訴え、女性は南雲と時生の脇を抜けて鈴鹿に駆け寄った。うろたえつつ、英雅はジーンズのポケットからスマホを出した。

「あんたら、なに？　警察を呼ぶよ」

「いいけど、困るのは美桜さんだよ。僕らはその警察だし」

「えっ⁉」

女性が声を上げ、英雅は彼女に「どういうこと？」と訊ねる。すると女性は顔を険しくし、「ウソ。ただのはったりでしょ」と南雲を睨んだ。慌てて時生が「いえ。本当なんですけど、事情があって」と説明を始め、場は混乱する。と、タイミングを見計らったように部屋にチャイムの音が響いた。真っ先に南雲が動き、キッチンの脇の壁に取り付けられたインターフォンのパネルのボタンを押す。

「はい」

「白石だけど。伊東くんも一緒」

聞き覚えのあるその声は、確かに白石均のものだ。今度は時生が「えっ⁉」と驚くと、振り向いた南雲は、「さっき白石さんから『伊東くんが捜査の進捗状況を知りたがってる』ってメールが来たんだ。面倒だし、来てもらったよ」としれっと返し、インターフォンのパネルに向き直った。そして、

「どうぞ。上がって来て」

と告げてオートロックの解錠ボタンを押した。「何すんのよ！」と声を尖らせる女性を、

時生が「まあまあ」となだめる。事情はさっぱりわからないが、時生はこの女性は美桜だと悟った。そうこうしているうちに、白石と伊東が部屋に来た。時刻は午後九時過ぎだ。

ただでさえ狭いワンルームに男女が六人。流れで白石と時生が部屋の手前に立ち、ローテーブルの両脇には伊東と南雲、その奥のベッドに英雅と、その腕をしっかり摑んだ美桜が座るという配置になった。Tシャツとジーンズという格好で怪訝そうにベッドの男女を見て、伊東が問うた。

「この人たちは誰ですか？　美桜の居場所を知ってるとか？」

「いや。その女性こそが、きみが捜していた美桜さんだよ」

そう南雲が答えると、伊東は「はあ？」と眉をひそめた。

「なに言ってるんですか。違いますよ。知らない女《ひと》です」

「それはこっちも同じ。私は美桜じゃないし、あなたなんか知らない」

顔を上げ、美桜も言う。隣の英雅は呆然とやり取りを聞いている。「ふうん」と呟き、南雲はスケッチブックを胸に抱いた。と、白石が時生に囁きかけてきた。

「どうなってるんですか？」

「僕もよくわからないんです。でも、このまま見守りましょう。南雲さんはいま、『ふうん』と言ったでしょう？　あれは、あの人が何か気づいたり閃いたりした時のクセなんです。相棒として何度も聞きましたけど、その後ほとんどの事件を解決しています。だから、今回もきっと大丈夫です」

そう囁き返すと白石は「わかりました」と頷き、視線を前に戻した。こちらは半袖のシャツにスラックスという格好だ。時生も前を向くと、南雲は話を始めた。

「知らない女《ひと》だと感じて当然。それこそが美桜さんの狙いだし……おめでとう。大成功だね」

にっこりと微笑みかけられ、美桜は何か返そうとした。それを無視し、南雲は続けた。

「経緯はわからないけど、美桜さんは自分の容姿、とくに顔の造作《ぞうさく》に強いコンプレックスを抱いていた。だからコスメを買い込んでメイクを研究し、髪型や服装も工夫したんだ。でも恋心を抱いたカフェの店主が面食いだと知り、顔を変えて別人になるしかないと決心した。つまり、美容整形だ」

「美容整形⁉」

伊東が声を上げ、南雲は「そう」と頷く。驚いた英雅には美桜が、「全部ウソ。この人、どうかしてる」と訴え、さらに強くその腕を摑んだ。

「でもすべてのコンプレックスを解消するには大きな施術が必要で、多額の費用がかかる。そこで婚活アプリに登録してお金を持っていそうな男性を探し、だまし取ろうと考えた。その男性こそが、伊東さん、あなただったんです」

隣に寄り、南雲は告げた。笑顔は消え、語るほどに眼差しを強めていく。目を見開いて口をあんぐりと開け、それを見返した伊東だが言葉は出て来ない。視線を美桜に戻し、南雲は続けた。

「伊東さんから母親の治療費という名目で一千万円を奪ったきみは民泊のアパートを引き払い、カフェの店主に別れの挨拶もして姿を消し、美容整形外科で手術を受けた。そして三カ月かけて術後の腫れや赤みが引くのを待ち、新しい顔で別人として、カフェの店主に接近した。もともと浮気性の店主は何も気づかず、これ幸いとばかりに彼女と深い仲になった……ちなみに彼女、あなたには何て名乗ったんですか？」

「金森乃愛《かなもりのあ》……じゃなくて、マジかよ！　きみ、カンナちゃんなの？」

英雅は騒ぎ、摑まれた腕を振り払おうとした。それを阻止しようとすがりつき、美桜は言った。

「だから全部ウソだって！　信じてよ……いい加減にして。私は生まれた時から金森乃愛で、この顔なの。整形なんて、証拠があって言ってるの？」

後半は南雲を睨み、捲し立てる。すると南雲は「よくぞ訊いてくれました」と目を輝かせ、抱えていたスケッチブックを開いた。そして中ほどのページを「はい」と、向かいに突き出した。ページを見た美桜は驚き、脇から覗いた伊東も「あっ」と声を上げる。

「これを描いたのは、伊東さんに美桜さん捜しを依頼された翌日です。小暮くんと、もう一人の警察職員が証人」

南雲は告げ、時生を指した。その拍子にスケッチブックの絵が見え、それは時生の予想通り、刑事課で野中と三人で話した夜と、さっきワンボックスカーの中で見た鉛筆描きの女の似顔絵だった。目をこらし似顔絵を見た白石が「おっ」と呟き、南雲は語り続けた。

「民泊にいる時、コスメを爆買いしたでしょ？　僕は知り合いのコスメ好きにそれを使うとできるメイクを聞いて、きみがどんな顔になりたがっていたのかを予想したんだ。で、元のきみの顔をアレンジして描いたのがこの絵」

それを聞きながら、時生は慌ててポケットから手帳を出して開いた。

アイテープでまぶたを二重にして、アイライナーとアイシャドウで切れ長・ぱっちりの目に。星花堂の涙袋ライナーで涙袋をぷっくり・キュートにして、ハイライトとノーズシャドウ、細めのフェイスブラシで鼻を高く、小鼻を小さく見せる。加えてリッププランパーとリップコンシーラーを使うと、艶やかでふっくらした唇がつくれ、リフトアップテープを顎の脇や耳の後ろに貼ると小顔に見せたり、シワ・たるみを隠す効果がある。

剛田と瀬名の話をメモしたものを読み返し、同時にスマホも出して美桜の写真と照らし合わせる。確かに美桜の一重まぶたの小さな目と、低く小鼻が広がり気味の鼻、さらに薄い唇とエラの張った輪郭を、南雲の言う「なりたい顔」に変えれば似顔絵そっくり、つまり金森乃愛の顔になる。

そういうことか。合点がいき、時生が顔を上げた時、伊東が口を開いた。

「違う！　この女は美桜じゃない。だって、声が違う。美桜はもっと低くて落ち着いた声だった」

美桜と南雲を交互に見て訴える。聞いた話にうろたえ、受け入れたくもないのだろう。これ幸いとばかりに美桜も、

「そうよ！　それが証拠よ」

と騒ぐ。

「あっそう。でも、あまり知られていないけど声も変えられるよ。声帯や喉《のど》の骨を手術したり、注射をしたりするんだ。美桜さんは、自分の低い声もコンプレックスだったんだろうね。それに、どの病院で手術を受けたにしろ記録は残っているだろうし、どんなに顔を変えても、指紋と掌紋《しょうもん》は変えられない。ＤＮＡ鑑定だってあるし、調べれば一発だよ」

余裕綽々《しゃくしゃく》で告げた南雲だったが、鼻息も荒く自分を睨む伊東に気づき、言い直す。

「とはいえ、被害届が出てなきゃ警察は何もできないけど。で、今回の場合はどうするかと言うと……小暮くん。答えて」

「はい⁉」

こういう展開は予想できただろうに、ノープラン？　似たような状況が、少し前にもあったよな。驚きと腹立たしさ、焦りが同時に押し寄せて来たが、この場をしのがなくてはならない。時生は必死に頭を巡らし、一つの閃きを得た。顔を上げ、時生、言う。

「伊東さん。美桜さんの顔や体に、本人も気づいていない特徴はありませんか？　将来を誓い合った仲のあなたなら、知っているはずです」

口調は丁寧に、しかし伊東のプライドを刺激する言葉を選んで語りかける。案の定、伊東は一瞬戸惑ったような顔をした後、目を伏せて考え始めた。それを時生と南雲、英雅、さらに美桜も見守る。と、伊東ははっと顔を上げ、少し言いにくそうにこう答えた。

「……お尻の割れ目の内側。上の方の、向かって左側に小さいほくろが」

「ある！」

驚きつつ同調したのは、英雅。その言葉に伊東は呆然とし、時生は「もう言い逃れできませんよ」と美桜を追い込む。すると美桜はうんざりしたように息をつき、英雅の腕から手を放して顔を背けた。

「それ、降参ってこと？」

軽い口調で南雲が問うと、投げやりに「そうなんじゃない？」と返した。その横顔に、伊東も問いかける。

「本当に美桜なの？　なんでこんなことを。美桜は十分綺麗だし、かわいかったじゃないか。僕は、ありのままのきみが好きだったんだよ」

すると美桜は鼻を鳴らし、挑むように伊東を見た。

「ありのまま？　どこが？　めいっぱいキャラをつくって、メイクもそれ風にしてたけど……なにが、『十分綺麗だし、かわいかった』よ。心の中じゃ、『俺にはこの程度の女でちょうどいい』『こいつには俺しかいないんだ』って考えてたクセに。私に振り向く男は、みんなそうだった。自分を諦めて妥協する口実に、私を使うの。でも私は違う。自分を諦めないし、顔を変えることで自分も変えた」

最後は誇らしげな口調になり、細く尖った顎を上げる。それを見て伊東は絶句し、英雅は怯えたように身を引いた。ぱたん、と南雲がスケッチブックを閉じた。反射的に自分を見た美桜に、こう告げる。

「残念だけど、それは違うよ。見た目をどんなに変えても、きみの中の自分は変わらないし、逃れられない。そっちの方が何倍も厄介だし、これからが地獄だよ。なにしろ、きみの中の自分は、きみの元の顔とは比べものにならないぐらい醜《みにく》いからね」

いつも通りの軽く、淡々とした口調。しかしその目には、内面の怒りがはっきりと映っている。

「あんたなんかに、何が」

反論しようとした美桜を遮り、南雲は続けた。

「それに、レオナルド・ダ・ヴィンチはこう書き記してる。『自分の美しさにうぬぼれた杉の木は、周りの木々を邪魔に思い切り倒した。望み通り、杉の木の周りには何もなくなった。しかし強い風が吹くと、杉は根元から地面に倒れてしまった』……ね、地獄でしよ?」

最後に身を乗り出し、問いかける。その満面の笑みに時生は寒気を覚え、美桜もびくりとして口をつぐんだ。

その後しばらくして、美桜を残して男五人は部屋を出た。エレベーターを待ち、乗り込んで一階に下りるまでの間に、英雅は時生に問われるまま、美桜とは半月ほど前に行き付けのバーで知り合って関係を持ったこと、乃愛がカンナだとは気づかず、あのワンルームも彼女の自宅だと聞いていたことを話した。そしてビルから通りに出るなり、訊ねた。

「いろいろすみませんでした。それで、僕はどうなるんですか?」

「どうもならないし、帰っていいよ。でも、火遊びはほどほどに。それと、あなたの店のガレットは絶品だけど、カフェラテはいまいちだね。酸味が強すぎる」

テンポよく南雲に返され、英雅はぽかんとする。が、時生が「大丈夫ですよ」と促すと、「すみませんでした!」と一礼し、逃げるように立ち去った。その場に沈黙が流れ、みんなの目が伊東に向く。

部屋を出る前、「調べればすぐにわかる」と隠し持っていた自動車の運転免許証を美桜に提示させた。それによると美桜の本名は横堀恵麻《よこぼりえま》、三十二歳だった。

何か言葉をかけなくてはと、時生は口を開こうとした。が、一瞬早く南雲が言った。

「伊東さん。このあいだ僕が電話で贈ったダ・ヴィンチの言葉を覚えていますか？『最高の愛は、相手を深く認識することから生まれる。もしあなたが相手を正しく認識していないなら、ほとんど、いや、まったく愛せてはいないだろう。また、もしあなたが相手を愛する理由が自分の欲望を満たすためで、美徳のためでないなら、あなたは犬と同じだ。犬は骨をくれるかもしれない人には後ろ脚で立ち上がり、尻尾を振って歓迎するものだから』。あれには続きがあるんですよ。『しかし、もし犬が相手の美徳を知り、それを好ましいと思えたなら、犬であっても強い力で相手を愛することができるはずだ』。この言葉も、あなたに贈ります」

優しく微笑みかけた南雲だが、伊東はぽかんとする。慌てて、時生は補足した。

「また出会いがあったら、その女性を冷静に、独りよがりにならないように理解して下さい。その上で女性のいいところに惹かれたなら、今度こそ深く愛し合えるはずです」

「……わかりました。ありがとうございます」

細く力のない声だが伊東は応え、会釈した。すると南雲は、「ちなみにダ・ヴィンチは、こうも言ってて」と伊東に語り始めた。呆れながらもほっとして時生がそれを眺めていると、白石が囁いてきた。

「伊東くんのことは任せて下さい。落ち着けば、気持ちも変わるはずです」

「わかりました。よろしくお願いします」

「いろいろとありがとうございました。近いうちに必ず、お礼をしますので」

白石は告げ、深々と頭を下げた。時生が「とんでもない。先輩のお力になれて何よりです」と恐縮すると白石は顔を上げ、笑った。

「先輩なんて、僕は落ちこぼれのデカで……でも、さっきの小暮さんの『見守りましょう』『きっと大丈夫』という言葉を聞いて安心しました。南雲くんを信頼して下さっているんですね」

「いや。そんな」

信頼するどころか、連続猟奇殺人事件の犯人だと疑っていますよ。胸にそう去来し、時生は複雑な気持ちになる。南雲と伊東は、歩道の端に移動して話している。

「南雲くんはああいう性格だし、大学時代にはあんなこともあったから。警視庁に誘った手前、心配していたんです」

白石はそう続け、時生は「えっ」と返す。歩道の端に目をやりながら訊ねた。

「南雲さんは、白石さんの誘いで警察官になったんですか？　なんでまた。それに『あんなこと』って——」

「小暮くん、帰ろうよ。眠くなっちゃった」

タイミングをはかったように、南雲が振り向いて言った。「お疲れ。悪かったな」と声をかけ、白石は南雲たちの方に向かった。混乱しながら、時生は話を始めた南雲と白石を見つめた。

14

約二週間後。その朝、時生は午前六時過ぎに自宅を出た。楠町西署に着き門から敷地に入ると、前方に見慣れた背中があった。

「おはようございます。早いですね。南雲さんも、訓練に出るんですか?」

意外に思いながら駆け寄り、問いかけた。今朝、署の道場では早朝術科訓練という武道の稽古が行われる。南雲は「おはよう」と応えてから肩をすくめ、こう続けた。

「まさか。柔道も剣道も、僕の好みじゃないよ。せめてフェンシングなら優雅だし、やる気になるんだけどね」

「とか言って、苦手なだけでしょ……南雲さん。相変わらず射撃も苦手なんですか? 年に一度の拳銃射撃訓練では、教養課の教官に叱られっぱなしだって噂を」

「違うよ。銃器は眺めるのも撃つのも大好き。でも、僕は左利きでしょ? 日本の警察は、利き手に関わらず右手で銃を撃つのがルールだから」

しれっと返され、時生は「はいはい」と受け流してから改めて訊ねた。

「じゃあ、何のためにこんなに早く?」

「寝るため。暑さのせいか、ベッドだと熟睡できないんだよね。で、試しに署の駐車場の車にエアコンを入れて寝てみたら、ウソみたいにぐっすり――」

「なに考えてるんですか。ダメですよ……そう言えば、伊東真佑さんが自宅近くの署に被害届を出したそうですよ。白石さんが報せてくれました」

「僕にも報せがあったよ。美桜――本名は恵麻だっけ？　恵麻はもともと東中野《ひがしなかの》の冷凍機械工場に勤めていたらしいよ。で、偶然ヒルトップカフェに行き、鈴鹿英雅に一目惚れしたって流れ」

やり取りしながら、時生たちは広い駐車場を抜け、署の建物に入った。「そうだったんですか」と頷き、時生は訊ねた。

「例によって、途中で事件の真相に気づいていましたよね？　恵麻の似顔絵を描いたあたりから？」

「まあね。剛田くんたちからコスメの話を聞いた時点で、恵麻の犯行動機は美容整形の手術代だとピンと来たし、それに英雅が絡んでいるだろうとも思った。でもまさか、英雅の愛人に納まっているとはね。すごい根性、というか執念だよ」

「僕は英雅が理解できませんよ。あんなに美人で働き者の奥さんがいるのに、浮気なんて。それに奥さんはすらっとしてスポーティーですけど、恵麻は小柄でかわいいというか、ちょっと幼い感じで正反対。美人なら誰でもいいってことか」

優美花と娘たちの姿を思い出すと英雅に腹立たしさを覚え、時生は訴えた。紙コップを口に運び、南雲はあっさりと返した。

「というより、食の無限ループみたいなものじゃない？　しょっぱいものを食べると、甘いものが欲しくなるでしょ。で、甘いものを食べるとまたしょっぱいものが、ってやつ。そう思って優美花さんに鎌《かま》をかけたら、大当たりだったんだ」

「はあ。いつもながら、相当突飛《とっぴ》で強引ですね」

「結果的に上手くいったんだからいいでしょ。恵麻も相応の罰を受けることになるだろうし。偽りの美は美ではないし、それを理由に人を傷付けるなんて言語道断だよ」

最後は厳しい表情になり、南雲は階段を上がりながら空《くう》を見た。隣を歩きつつ、時生は渋谷のビルの前で交わした会話を思い出した。

「南雲さんは白石さんの誘いで、警察官になったそうですね。なんて誘われたんですか？　僕も誰かを誘う時の参考にしたいので、教えて下さい」

笑いも交え、極力さりげなく訊ねたが緊張し、鼓動も速まる。すると南雲は首を傾げ、答えた。

「そうだったかな。僕の記憶では、原宿《はらじゆく》でショッピング中に『刑事になりませんか？』ってスカウトされたんだよね。あるいは、知らないうちに友だちが警視庁に僕の履歴書を送っちゃったか」

「なんですか、それ。アイドルのデビューのきっかけじゃないんですから」

時生が突っ込むと、南雲は顎を上げて笑った。またはぐらかされたと苛立ちつつ、ということは何かあるなと手応えも覚える。

二階に着き、廊下を歩きだしてすぐに慌ただしい気配に気づいた。廊下の向こうから、刑事たちが駆けて来る。その切羽《せっぱ》詰まった様子に、廊下を行き交う職員たちは脇に避けた。と、刑事たちの一団に井手義春と剛田力哉の顔を見つけ、時生は声をかけた。

「おはようございます。事件ですか?」

「ああ。庭梅町《にわうめ》五丁目の空き地で、人間のものらしき頭蓋骨が見つかった」

時生と南雲の前で足を止め、井手が答える。「殺人《コロシ》ですか?」という時生の問いには、一緒に足を止めた剛田が答えた。

「多分。でも、ただのコロシじゃなさそうで……頭蓋骨は一つじゃなくすごい数で、しかもピラミッド形に積み上げられてるらしいんですよ。で、そこにカラスが群がって」

「『戦争礼賛』だ」

思わず言ってしまい、剛田と井手が怪訝な顔をする。はっとして時生が隣を見ると、南雲も時生を見ていた。その意図が読めない眼差しに、時生はまた緊張し、鼓動が速まった。

「とにかく臨場だ。そっちも急げよ」

早口で告げ、井手はまた歩きだした。剛田も続き、二人は他の刑事たちの後を追って階段を下りて行った。その背中を見送り、時生は混乱する。

ピラミッド形に積まれた頭蓋骨と、それに群がるカラス。間違いない、ヴァシーリー・ヴェレシチャーギンの「戦争礼賛」の模倣、リプロマーダーの犯行だ。じゃあ、やはり南雲さんは——。そう考えるとさらに緊張して鼓動は速まり、寒気に襲われた。それでも隣に向き直ろうとした時、

「行こう」

と告げ、南雲は踵《きびす》を返した。かろうじて「はい」と返し、時生も続く。強《こわ》ばる脚で階段に向かいながら、時生は前を行く南雲を見つめた。その華奢な背中は三つ揃いのジャケットに包まれ、色は黒。彼のお馴染みのスタイルなのに、いつもより黒が深く、濃く感じられ、時生の不安を煽《あお》る。それでも足を緩めず、時生は南雲を追いかけた。

第二話

皺《しよう》襞《へき》 Wrinkles

1

庭梅町五丁目は、楠町西署の管内の外れだった。農地を開発したエリアで、ほとんどは工事現場と空き地だ。

現場に着き、時生はセダンを減速させて通りを曲がった。広い空き地の手前に警察車両が並び、スーツや制服姿の署員が行き交っている。車列の端にセダンを停め、時生は南雲と降車した。重機のキャタピラーの跡が付いた地面を進み、こちらに背中を向けて立つ五人ほどの刑事たちに歩み寄った。

「遅くなりました」

時生が挨拶すると、刑事たちの端にいた井手義春が振り向いて「おう」と応えた。その隣の剛田力哉は前方を指し、「あそこです。すごいですよ」と興奮気味に告げた。刑事たちの横に並び、時生と南雲は前方に目を向けた。

まだ鑑識の作業中で、濃紺の制服姿の係員たちが写真を撮ったり足跡の採取をしたりしている。その向こうに、ピラミッド状に積み上げられた人間の頭蓋骨があった。ピラミッドの高さは約三メートルで、頭蓋骨の数はざっと見積もって百個ほど。スケールダウンはしているが、頭蓋骨に穴や欠けがあったり、向かって左側の斜面が崩れていたりするところは、ヴァシーリー・ヴェレシチャーギンの「戦争礼賛」にそっくりだ。さらにピラミッドの所々にカラスが留まり、上空を飛び回ってもいる。

「駆け付けたはいいが、タチの悪いイタズラかもしれねえぞ」

ハンカチで額の汗を拭い、井手が言った。時刻は朝の八時前だが強い日射しが照りつけ、気温は三十度近くあるだろう。横を向き、時生は問うた。

「どういう意味ですか?」

「鑑識の話じゃ、頭蓋骨は樹脂製のレプリカで、中に生ゴミが詰め込まれてるらしい」

「いや。これは殺人事件ですよ」

そう返したのは、南雲。井手と時生、他の刑事たちが目を向けるとにんまりと笑い、こう続けた。

「カラスを集めるのに、生ゴミを使ったのか。リプロマーダーはまた腕を上げたな」

「やっぱりあれ、リプロマーダーの仕業ですか?」

身を乗り出し、剛田が訊ねる。表紙が深紅のスケッチブックを胸に抱き、南雲は答えた。

「うん。模倣した絵画は『戦争礼賛』。十九世紀のロシアの画家、ヴァシーリー・ヴェレシチャーギンの作品だよ。多分、ピラミッドのてっぺんの頭蓋骨だけは本物」

「えっ⁉」

井手が目を見開き、剛田と他の刑事たちも驚いてピラミッドを見る。一方時生は、神田神保町の古書店で見た南雲の姿を思い出して胸がざわめく。と、後ろから「お疲れ様です」と声をかけられた。振り返ると、刑事課長の村崎舞花と係長の藤野尚志がいた。

「いま連絡があり、梅檀《せんだん》町一丁目で遺体が発見されたそうです。諸富《もろとみ》班と南雲班はそちらに向かって下さい」

そう続け、村崎はメガネのレンズ越しに諸富文哉《ふみや》とその相棒の糸居洸《いといこう》、時生と南雲を見た。刑事は通常二人ひと組で行動し、階級が上の者の苗字に班を付けて呼ばれる。諸富と糸居は「はい」と頷いたが、時生は「いやでも」と返す。すると、井手が言った。

「あのピラミッドは、リプロマーダーの仕業らしいですよ。なら、小暮たちを残した方がいいでしょう」

「同感です。梅檀町の現場には、僕たちが行きます」

剛田が申し出た時、サイレンの音が聞こえた。通りを、ルーフにパトランプを乗せたセダンが四、五台近づいて来る。それを見た井手は、「ははーん」と声を上げてこう続けた。

「本庁から、リプロマーダー事件特別捜査本部の方々のお出ましですか。むかし捜査本部を追い出された小暮がいちゃ、あちら様の心証がよくないから、厄介払いって訳ですか？さすがの算段ですね」

口調と眼差しを尖らせ、言い放つ。時生はそういうことかと合点がいき、同時に悔しさを覚えた。井手を見返し、村崎は何か言おうとしたが、それより早く藤野が口を開いた。

「井手。上官に向かってその物言いはなんだ。分をわきまえろ」

「わきまえてますよ。だからこそ、小暮の仲間として納得できないんです」

「なんだと？」

藤野は顔を険しくし、細い首を突き出す。時生は慌てて「やめて下さい」と割って入り、隣を見た。が、そこに南雲の姿はなく、視線を巡らすと空き地をセダンの方に向かう背中があった。

「南雲さん。どこに行くんですか？」

「どこって、梅檀町……厄介者は僕も同じなので、お言葉に甘えて退散します」

一度立ち止まって村崎たちに「じゃ」と手を振り、南雲は歩きだした。面食らった時生だが、井手がまた何か言おうとしたので一礼して南雲の後を追った。

二人で乗り込み、セダンを出した。特別捜査本部の車列とすれ違いながら、空き地を出て通りを走り始める。

「なんであっさり命令に従ったんですか？　管内でリプロマーダーが犯行に及ぶなんて、捜査に関わる絶好のチャンスだったのに」

片手でパトランプとサイレンのスイッチを押し、時生は問うた。スケッチブックを抱いて肩をすくめ、南雲は答えた。

「だって捜査本部の人たち、おっかないじゃない。捜査できたとしても、一部始終見張られるよ。なら、距離を置いて動いた方がいい。捜査状況は、剛田くんや琴音ちゃんが教えてくれるだろうし」

「それはそうですけど。珍しく慎重ですね。どうしてですか?」

続けて問いかけながら、また古書店での南雲の姿を思い出す。南雲は答えた。

「なんであの空き地が犯行現場になったのか、わからないんだよね。ピラミッドやカラスの再現具合は見事だけど、地面の色とか周りの様子は『戦争礼賛』と違う。完璧主義者のリプロマーダーらしくないし、他にもっとふさわしい場所があるのに」

確かにその通りだ。でも南雲さんがリプロマーダーなら、敢えて自分の所属署で犯行に及び、疑いの目が自分に向かないようにしたのかもしれない。頭を巡らし、時生は答えた。

「これまでの五件はどれも東京都内で起きていますが、同じエリアで二度は発生していません。そのパターンに従うと、あの空き地しかなかったんじゃないですか。あるいは、意図的に楠町西署管内を選んだとか? リプロマーダーは、僕らの動きに気づいているんでしょうか」

後半は切迫した表情をつくり、一瞬隣を窺《うかが》う。が、南雲はまた肩をすくめて答えた。

「その辺の考察は任せるよ。でも慎重にいった方がいいのは確か。レオナルド・ダ・ヴィンチの名言にも、『上手に歩く人間は、めったに転ばない』っていうのがあるし」

はぐらかされ、時生の疑惑が増す。一方で、慎重にいった方がいいというのはもっともで、気持ちを引き締めて運転に集中した。

2

十分ほどで梅檀町一丁目の目的地に着いた。私立大学の医学部の附属病院で、広い敷地内には他にも複数の施設がある。患者や職員が行き交う通路を進むと、前方に小さな人だかりが見えた。脇から現れた制服姿の警察官が人だかりを下がらせ、規制線の黄色いテープを持ち上げてくれた。時生は徐行してテープをくぐり、奥の建物の前でセダンを停めた。五階建ての小さなビルで、玄関の脇には「紫雲《しうん》大学医学部附属遺伝医学研究所」と記されたプレートが掲げられている。

　時生と南雲がセダンを降りると、別の警察官が近づいて来た。まだ若く、髪を角刈りにしている。三人でビルの脇を抜けて裏側に回ると、若い警察官は足を止め、「あちらです」と前方を指した。鑑識係はこちらに向かっている途中なので、時生たちも足を止めて、指された方を見る。

　ビルの壁と塀の間にはコンクリート敷きの狭い通路があり、そこに男が倒れていた。茶色のスーツ姿で、背が高くがっしりしている。横向きでこちらに顔を見せていて、歳は五十代後半だろうか。両脚を伸ばし、左右の腕も投げ出すように前に伸ばしている。

「三十分ほど前に、機械のメンテナンスを請け負っている会社の社員が遺体を発見しました」

緊張の面持ちで、若い警察官は説明した。ビルの壁沿いにはエアコンの室外機のほか複数の機械が並び、低い稼働音が聞こえる。時生は「わかりました」と返し、南雲とともに合掌一礼して改めて遺体を見た。

「IDを付けているから、この研究所の所員かな」

通路は日陰になっていてはっきり見えないが、遺体の男はジャケットの胸ポケットの前に顔写真付きのカードを付けている。手指の先まで死後硬直が現れているので、死後十二時間ほどか。

「そう思われます。研究所は封鎖し、所内にいた者は別の建物に移動させました」

若い警察官が応え時生が頷こうとした矢先、南雲が動いた。すたすたと遺体に歩み寄り、「ちょっと失礼」と声をかけて覗き込む。少し前に捜査した事件でも似たようなことがあり、時生はまたかとうんざりしつつ、「ダメですよ。現状を保存しないと」と声をかける。と、後ろで足音がして諸富と糸居が近づいて来た。時生たちに続いて空き地から移動して来たのだろう。時生と挨拶を交わし、諸富たちも遺体に合掌一礼した。

「あれがホトケさん？」

顔を上げ、諸富が問う。突き出した腹に反して、額の生え際は後退している。階級は時生と同じ巡査部長だが、歳は五十近い。対する糸居は痩せ型で、時生と同世代だ。時生が「はい」と答えると、諸富はさらに、

「で、南雲さんは何をやってるんだ？」

と怪訝そうに訊ねた。南雲は地面に膝を折って座り、遺体と開いたスケッチブックを交互に見ては、左手に握った鉛筆で何か描いている。糸居が「お疲れ様です」と声をかけたが、耳に入らないようだ。恐縮し、時生は返した。

「すみません。気になることがあるようで」

「あれが噂に名高い、ダ・ヴィンチ刑事の捜査か。鑑識を待たずに現場に入るどころか、手袋もなし。見かけによらず、ワイルドだな」

諸富は冷ややかにコメントし、時生はますます恐縮する。と、糸居が言った。

「ここに来る前に別の建物に寄って、研究所の人から話を聞いたよ」

「そう。やはりご遺体は、ここの所員？」

時生の問いに糸居は「ああ」と頷き、こう続けた。

「しかも、所長らしい」

「えっ」

時生が驚いた時、「ふうん」と声がした。時生と諸富、糸居、さらに若い警察官が視線を前に向ける。すると南雲はスケッチブックを閉じて立ち上がり、「どうも」と諸富たちに微笑みかけ、ひらひらと手を振った。

3

翌朝の八時半。鑑識と検死の結果を待ち、楠町西署二階の刑事課の会議室で、梅檀町一丁目の事件の捜査会議が開かれた。広い部屋の奥に置かれた長机には刑事係長の藤野が着き、向かい合って並ぶ長机には南雲班、諸富班ほか十名ほどの刑事が着いている。刑事課は総勢二十名ほどだが、課長の村崎、井手班ほかの捜査員たちは、本庁のリプロマーダー事件の特別捜査本部に招集された。やはり庭梅町五丁目の事件は、リプロマーダーの六件目の犯行とみて捜査されるようだ。

「遺体は進藤善己《しんどうよしみ》さん、五十七歳。研究者で、紫雲大学医学部附属遺伝医学研究所の所長です。自宅は東京都小金井《こがねい》市にあり、家族は妻と息子が二人。ただし進藤さんは職場に泊まり込むことも多かったそうで、家族から行方不明者届は出されていません」

立ち上がり、手帳を手に時生は報告した。並んだ机の中ほどに着いていて、隣の南雲はあくびを嚙《か》み殺しながら机上に開いたスケッチブックを眺めている。「わかった。検死の結果は？」と藤野が応え、時生は着席した。「はい」と返し、前列の諸富が立ち上がる。

「進藤さんは頭部外傷による損傷死。後頭部を鈍器のようなもので殴打されたと思われ、死亡推定時刻は昨夜の午後九時から十一時の間です。進藤さんの秘書によると、研究所一階の所長室からクリスタル製の置き時計がなくなっており、これが凶器と思われます。また、所長室と遺体の発見現場からは複数の指紋と足跡が検出され、今のところ特定できたのは進藤さんと秘書、部下の研究員のものです。さらに、進藤さんの財布とバッグは所長室にありましたがスマートフォンはなく、電源も入っていない様子です。いま、スマートフォンの使用履歴を取り寄せています」

話を聞き終え、藤野は「現場周辺の防犯カメラは？」と問うた。「解析中です」と、諸富が返す。

「そうか。現場の敷地には病院があるので、二十四時間自由に出入りできる上に、夜間は暗く人通りも少ない。強盗殺人の可能性があるな。犯人《ホシ》は残業中に買い物に出た進藤さんを襲ったが、彼はキャッシュレス決済をするつもりだったので、スマホしか持っていなかった。そこでホシはスマホを奪い、遺体をビルの裏に隠したんだ」

そう言って藤野は傍らに置かれたホワイトボードに目をやった。そこには現場の遺体と生前の進藤の顔写真、紫雲大学附属病院の構内図などが貼られ、同じものが刑事たちに配られた捜査資料にも添付されている。生前の進藤は半分白くなった髪を七三に分け、顎と鼻梁《びりょう》が細いインテリ然とした容貌だ。時生が係長の読みはあり得るなと思った矢先、南雲が口を開いた。

「それはどうかなあ」

あっけらかんとしつつも微妙に上からのその口調に、刑事たちが目を向け、藤野は問う。

「どういう意味だ？」

「あれ。聞こえちゃいました？　すみません」

ウソつけ。わざと聞こえるように言ったクセに。そうよぎった時生だが、慌てて「係長の話の途中ですよ」と隣に告げた。が、藤野は「いや。意見があるなら聞こう」と促し、南雲は「では」と立ち上がった。

「昨日現場で遺体を見た時、あることに気づきました。進藤さんはスーツ姿で通路に横たわり、脚と腕を伸ばした状態だった。スーツは高級品でまだ新しいものでしたが、所々に不自然なシワが寄っていました」

「シワ？」

「ええ。シワとは、布地に寄る線状の折り目やひだ、隆起。衣服は布地を縫い合わせてできていて、その布地が引っ張られたり、押しつぶされたりした時にシワが寄ります」

南雲は言い、黒い三つ揃いのジャケットの片腕を上げて肘を曲げて見せた。肘の内側と脇には複数のシワが寄り、それを指して南雲は「ね？」と藤野たちに微笑みかけた。

「シワ――アートの世界では『ドレープ』と呼びますが、絵画や彫刻の重要なモチーフで、僕は基礎デッサンでそのメカニズムを学びました。ちなみにルネサンス美術を代表するドレープの描き手といえば、我が人生の師、レオナルド・ダ・ヴィンチ。詳しく解説したいところですが、またの機会ということで……シワは人体のよく動く部分、つまり関節の周りに多く寄ります。その他のメカニズムも解説したいけど省くとして、こちらに注目」

滔々《とうとう》と語り、南雲は机上のスケッチブックを取って掲げた。開かれたページには、鉛筆で複数の絵が描かれている。スーツを着た人の肩や腕、脚などで、どれにも縦横に寄ったシワが精巧なタッチで描き込まれていた。昨日現場でスケッチしてたのは、これか。時生は合点がいったが、藤野は「よくわからないな」と眉をひそめ、他の刑事たちもまた怪訝そうな顔になる。立ち上がり、時生は口を開いた。

「捜査資料の写真を見て下さい。遺体の着衣にも、同じシワが寄っているはずです」

すると刑事たちは捜査資料に目を向け、藤野は立ち上がってホワイトボードに貼られた遺体の写真の前に移動した。「ありがとう。気が利くね」と時生に微笑みかけ、南雲は視線をスケッチブックに戻した。絵の一つを指し、語りだす。

「僕がまず注目したのが、進藤さんの腕。発見時には前に伸ばされていましたが、右も左も肘の内側部分に多くのシワが寄っていました。これは腕を曲げることで肘関節の上下から力が加わり、寄ったものです。さらにシワの間隔が広く、アウトラインが凸凹《でこぼこ》しているので、肘関節を四十五度ぐらいに曲げていたと考えられます」

「確かに肘の内側にシワがあるな」

前屈みになって写真を見た藤野が返し、時生を含めた刑事たちも頷く。満足げに微笑み、南雲は別の絵を指した。

「続いて、両腋《わき》から下、両脇にかけて。ここには後ろから前へ、斜めに複数のシワが寄っています。これは上半身を前にかがめた結果、生地が引っ張られて寄ったものです。そして、脚。股関節と膝の裏側に横向きのシワ、膝の脇には放射状のシワが寄っています。一方で、太ももと膝の表側にシワはなく、両脇から引っ張られたようにわずかにたるんでいる。これは膝を折って座った跡でしょう」

そこで南雲は言葉を切り、ふんふんと聞いていた藤野は振り返った。

「シワの寄り方は南雲の言うとおりだ。で、どこが不自然なんだ?」

すると南雲は「よくぞ訊いてくれました」と目を輝かせ、スケッチブックを閉じて脇に抱えた。

「百聞は一見にしかず。お目にかけましょう……小暮くん、行くよ」

そう告げるが早いか、南雲は長机の脇の通路に出て歩きだした。うろたえつつ時生も続くと、南雲は藤野が着いていた長机の前で足を止めた。隣に来た時生に、下を指して言う。

「そこに正座して」

「えっ。床の上にですか？」

「そう。で、腰を曲げて上半身を前に乗り出し、両肘を四十五度に曲げて肘から先を床に付く。仕上げに、頭を深く下げて」

「早い話が土下座ですよね？　なんで僕が」

渋々ながらも言われた通りにすると、頭の上で藤野の声がした。

「シワができたメカニズムに従うと、この姿勢になるってことか。つまり南雲は、亡くなる前に進藤さんが何者かに土下座をしていたと言いたいのか？」

「さすが。年の功ですね」

ギリだけど四十代の上官に、年の功はまずいだろ。心の中で突っ込み、時生は顔を上げた。案の定、むっとしている藤野が目に入った矢先、その向かいで刑事の一人が言った。

「なら、この事件《ヤマ》は物盗りじゃなく怨恨ですか？　でも普通に座ったり動いたりしても、似たようなシワは寄りますよね」

「その通りだ。シワだけで土下座と断定するには、根拠が薄い」

細い首を縦に振り、藤野も同調する。自分の読みを否定された上に年寄り扱いされ、機嫌を損ねたのだろう。が、南雲は「ごもっとも」と頷き、こう返した。

「でも、本来スーツやブレザーなどの厚くて硬い生地は、シワが寄りにくいんです。それにここまではっきり痕跡が残っているなら、長時間続けて同じ姿勢を取っていたということでしょう。加えて、進藤さんが土下座していた痕跡はもう一つ」

　南雲は言い、横を向いてホワイトボードに歩み寄った。続けて「ほら、ここ」と、写真の一枚を指す。床に正座したまま時生が目をこらすと、写真は進藤の遺体を後ろから撮影したものだ。さらに目をこらすと、スーツのジャケットの裾から少し上の部分に、横並びに二箇所、白く小さな汚れが付いているのに気づいた。時生は「あっ」と汚れを指さし、藤野はホワイトボードの前に戻って写真を覗く。それを見て、南雲は告げた。

「その汚れは、進藤さんが履いていた革靴の踵《かかと》に付着していたもの。スーツ姿で土下座すると、踵がこの位置に当たるんです。汚れには擦れたような跡があるから、進藤さんは繰り返し頭を下げたんじゃないかな」

「確かに、写真と同じ位置に踵が当たっています」

　改めて土下座の姿勢を取ってから手探りでジャケットの裾を確認し、時生は報告した。刑事たちがざわめき、それを遮るように藤野は強い口調で告げた。

「事件は殺人《コロシ》と断定し、物盗りと怨恨、双方のセンから捜査する。各班ごとに現場周辺の地取り、被害者《マルガイ》の職場及び私生活の関係者への鑑取りを進めろ」

　そして最後に苛立ちの漂う口調で「以上！」と命じ、通路をドアに向かった。「はい！」と応え、刑事たちもドアに向かう。時生も立ち上がり、後に続こうとすると南雲が言った。

「係長はご機嫌斜めだね。なんで？　朝ご飯を食べて来なかったのかな」

「『なんで？』って。あなたが訊きますか？」

呆れて問い返したが、南雲はきょとんとする。その顔にイラッとしつつ、時生は「行きますよ」と南雲を促し、ドアに向かった。

4

南雲班に割り振られたのは、進藤の職場の鑑取りだった。時生たちは梅檀町一丁目の紫雲大学医学部附属遺伝医学研究所に向かった。受付で警察手帳を見せ、用件を伝える。間もなく、女性がやって来た。

「進藤の秘書の秋山《あきやま》です。こちらにどうぞ」

硬い表情で会釈し、秋山は歩きだした。長い髪を頭の後ろで一つに束ね、濃紺のスカートスーツを着て胸にタブレット端末を抱えている。歳は四十代後半か。時生たちも挨拶し、三人で一階の廊下を進んだ。左右にドアが並び、白衣姿の研究員の男女が歩いている。

秋山は奥のドアの前で立ち止まった。「ここが所長室です」と告げ、ジャケットのポケットからカードキーを出してドア脇のリーダー端末にかざす。短い電子音がしてドアが解錠され、秋山と時生たちは所長室に入った。

広い部屋で、左右の壁際に高さが天井まである本棚が置かれている。さっそく南雲が

「おっ」と呟いて本棚に歩み寄り、ぎっしり詰まった本やファイルを眺めだした。時生は立ち止まり、室内を見回す。手前にソファセット、奥に黒革の椅子と木製の机が置かれている。

「進藤の私物とパソコンは、昨夜警察の方が持って行ったそうです」

ソファセットの脇に立ち、秋山が言う。見れば、小さな目を泣き腫らしている。時生は眼差しと口調を柔らかくして訊ねた。

「進藤さんの秘書をされて長いんですか？　どんな方でしたか？」

「二年半になります。ひたむきで仕事熱心な人でした。所長をしながら研究も続けていて、時間をつくって研究室《ラボ》に顔を出していました。それなのに」

そこで言葉を詰まらせ、秋山は俯《うつむ》いた。「そうですか」と返し、時生は机に歩み寄った。机上の書類や後ろの棚に残る捜索の痕跡は、捜査員によるものだろう。傍らの壁のハンガーには、進藤のものらしき白衣がかけてあった。シワやシミはなく、新品同様だ。それを眺めながら、時生はさらに訊ねた。

「では、一昨日の夜の残業も研究室で？」

「後から移動したかもしれませんが、私が午後五時に帰宅した時には、その机でパソコンに向かっていました」

「一昨日の夜、来客や外出の予定は？」

「ありませんでした」

「最近、進藤さんに変わった様子は？　何かに悩んだり、トラブルなどを抱えていたりする気配はありませんでしたか？」

振り向き、時生が問うと秋山は「さあ」と首を傾げて答えた。

「私は事務的なサポートをしていただけなので」

引っかかるものを覚え時生が食い下がろうとした矢先、本棚の前の南雲がくるりと振り返った。

「進藤さんは何の研究をしてたの？」

「進藤の部下に説明させます」

そう返し、秋山はタブレット端末を弄《いじ》りだした。

しばらくして、時生たちは秋山に促されて所長室を出た。廊下を戻り、秋山は中ほどのドアの前で立ち止まった。研究室らしく、壁にはカードキーのリーダー端末のほかにカメラ付きのインターフォンも取り付けられている。廊下やエレベーターの中は防犯カメラが設置され、ロビーにはガードマンもいたので、セキュリティーは厳重なようだ。

秋山がインターフォンのボタンを押してマイクに何か告げると、ドアが開いた。顔を出したのは、一人の男。

「研究員の鎌田《かまた》です。直属の上司は席を外しているので、僕がご案内します」

律儀に告げ、一礼する。小柄で、歳は三十代半ばか。礼を言って秋山と別れ、時生たちは研究室に入った。

広々とした部屋に、上に大きな棚が取り付けられた長机が並び、薬液の入った試験管やビーカーなどが置かれている。そこで作業しているのは、研究員の男女。長机は壁際にも置かれ、電子顕微鏡とパソコン、その他たくさんの実験装置が並んでいる。

「いいね。僕は根っからの文系だから、こういう眺めは新鮮だよ」

スケッチブックを脇に端の通路を進み、南雲が声を上げる。それを「はしゃがないで下さい」と咎め、時生は前を行く鎌田に問うた。

「遺伝医学研究所ってことは、当然遺伝子を使った医学の研究をしているんですよね？」

「ええ。メインはいわゆるゲノム医療ですが、加齢医学関連のラボもいくつかあります」

歩きながら振り向き、答える。「いわゆる」って言われても、ゲノム医療が何かわからないんだけど。困惑しつつも「はあ」と返し、時生は鎌田の後ろ姿を眺めた。よれよれの白衣とワイシャツ、スラックス。青白い顔と無精ヒゲに、研究への熱意と労働環境の厳しさが伝わってくる。と、鎌田は立ち止まり、

「僕らもその一つで、サーチュイン遺伝子、別名・長寿遺伝子あるいは長生き遺伝子と呼ばれるものを研究しています」

と続け、向かいを指した。他のエリアと同じように長机と実験器具・装置が並び、五名

ほどの研究員が作業している。時生が「お仕事中すみません。楠町西署の者です」と挨拶すると、研究員たちは会釈を返した。揃って硬い表情なのは、進藤の事件の影響だろう。

そこに室内を見学していた南雲が到着し、言った。

「長生き遺伝子？　面白そうだね。詳しく教えて下さい」

「サーチュイン遺伝子は人間をはじめ、ハエやサル、酵母菌など地球上のほとんどの生物が持っています。活性化させると老化を遅らせる効果があり、ショウジョウバエで約三十パーセント、線虫《せんちゅう》では約五十パーセント寿命が延びたという実験データがあります」

「そりゃすごい。日本人の男性の平均寿命って、八十歳ぐらいでしょ？　三十パーセント延びれば百四歳、五十パーセントなら、なんと百二十歳。もはや妖怪だね」

大袈裟に驚き、南雲は笑った。困惑したように、鎌田が返す。

「昆虫や線形動物の数値を人間に当てはめるのは無意味ですよ。それに、サーチュイン遺伝子は一定の条件下でないと活性化しません」

「どんな条件？」

「摂取カロリーの制限。適度な運動と睡眠も有効だと言われています。あとは、レスベラトロールという、赤ワインに多く含まれるポリフェノールの一種も。ただし、赤ワインの実験データはマウスを使ったもので、人間に置き換えた場合、一日にボトル百本前後を飲まないと効果が得られないことになります」

「カロリー制限をして適度な運動と睡眠を実行すれば、大抵の人は健康になるよね。それに、ワイン好きの僕でも一日に百本は飲めない……研究を否定する気はないけど、ありきたりな上に非現実的だね。つまり、美しくない」

「否定する気はない」と言う割にはきっぱりと、しかも上から目線で告げ、南雲は肩をすくめた。時生は慌てて「南雲さん、失礼ですよ」と咎め、鎌田たちに頭を下げようとした。しかし鎌田は「その通り」と頷き、こう続けた。

「ですから、僕らのラボでは現実的かつ確実にサーチュイン遺伝子を活性化させる方法を研究しています。詳細は話せませんが、糖尿病の治療薬にはサーチュイン遺伝子の活性化効果のあるものがあり、それを基に経口薬をつくります」

「つまり、飲めば誰でも老化が遅くなって長生きできる薬？　それはどうかなあ」

首を傾げて南雲は返し、「ちょっと」と腕を引く時生を無視して語り始めた。

「いつ失うかわからないからこそ、人は命を慈《いつく》しめるし、自然や芸術に感動できるんだと思うよ。それに、かのレオナルド・ダ・ヴィンチも、『自然は移ろいやすく、絶えず新しい生命や新しい形をつくりたがる。そうすれば、地球が豊かになると知っているからだ』と言ってるし」

そのテンションの高さとしたり顔に鎌田は唖然とし、研究員たちも振り向く。「いい加減にして下さい」と南雲を制し、時生は話を変えた。

「ご説明ありがとうございました。では、いま伺った研究のリーダーが進藤さんで、みなさんのラボの責任者だったということですね？」

「そうです。進藤先生は遺伝医学の権威でしたが、その立場に満足することなく、野心的に研究に取り組まれていました。僕らにも気さくに声をかけて意見も聞いて下さり、心から尊敬していました」

淡々と語っていた鎌田だが、後半は声が震え、目も潤む。他の男女も、俯いたり肩を震わせたりしている。時生は慰めの言葉をかけようとしたが、それより早く南雲が言った。

「残念ですね。レオナルド・ダ・ヴィンチは『肉体が朽ちても、魂までが朽ちる訳ではない』とも言っていますよ。これは、ここの研究に対しての僕の見解でもあるけど」

しれっと言い放ち、顎を上げる。さすがに腹が立ったのか、鎌田が何か言い返そうとする。焦り、時生が割って入ろうとした時、

「あら。その続きは？」

と後ろで声がした。振り向くと、女が一人。すらりとして、額と耳を出したショートヘアだ。時生の脇を抜け南雲の前に進み出て、女はこう続けた。

「今のダ・ヴィンチの言葉には、続きがありますよね。『しかし、魂は肉体の中でパイプオルガンの音を鳴らす風のように振る舞うから、パイプがダメになってしまうと、風はよい音を鳴らせなくなる』……これを私は、健康な肉体あっての魂って解釈したけど、間違

ってます？」

一瞬黙り込んで向かいを見てから、南雲は返した。

「そのまんまって感じだけど、間違ってはいないよ。で、あなたは？」

「真島今日子《ましまきょうこ》。この施設の主任研究員で、サーチュイン遺伝子研究ラボのサブリーダーです……刑事さんですよね？　お待たせして申し訳ありません。事件の対応に追われていて」

南雲と時生を見てはきはきと、真島は告げた。彫りの深い整った顔立ちで、歳は四十代前半か。

「楠町西署の小暮と南雲です。大変な時に恐縮ですが、捜査にご協力下さい」

一礼し、時生は鑑取りを始めようとしたが、南雲は会話を続けた。

「なるほど。その白衣、なかなかいいね。オーダーメイド？」

そう問いかけて、真島が身につけているものを指す。デニム地のハーフコートかと思いきや、よく見ると白衣だ。その裾から覗くのは、カーキ色のカーゴパンツと黒革のワークブーツ。他の研究員たちのほとんどがスラックスやスカート姿の中、異色のスタイルだ。

頷き、真島は答えた。

「ええ。愛用してるブランドに、特注でつくってもらいました……刑事さんの見解はわかりましたけど、サーチュイン遺伝子の効果は長生きだけじゃないんですよ。活性酸素を除去してがん細胞の発生を抑制したり、心筋梗塞のリスクを下げたり。アルツハイマー病や、

ALS、つまり筋萎縮性側索硬化症《きんいしゅくせいそくさくこうかしょう》の改善効果も期待されています」

「それはすごい。でもその万能感が逆に怖い、というか胡散《うさん》臭い。レオナルド・ダ・ヴィンチも『私にとって経験以外から生まれた科学は、すべて無価値で誤りに満ちているように思える』って言ってるよ」

「知ってます。それに、経験なら積んでいますよ」

言い返すが早いか、真島は身を翻して歩きだし、南雲も付いて行く。予想外の展開に戸惑いつつ時生も後を追い、それを鎌田と研究員たちが唖然として見ている。

壁際の長机の前まで行き、真島は立ち止まった。長机の上の棚にはプラスチック製のケージが並び、その中で実験用のマウスが動き回ったりエサを食べたりしている。真島は腕を伸ばし、棚の隣のものに掛けられた黒い布を摑んで剝《は》がした。現れたのはステンレス製の大きなケージで、中には犬が一匹。垂れ耳で、目の周りは薄茶色。額の真ん中から鼻、口の周りは白い。ビーグルの成犬だろう。

「やあ。僕は南雲士郎。きみは？」

ケージを覗き、南雲は笑顔で語りかけた。ケージの隅に座ったままのビーグル犬に代わり、真島が答える。

「ハナといいます。人なつこい女の子で、ラボのアイドルなんですよ」

「へえ。僕は動物には人気があるんです。藝大時代に上野動物園にスケッチに行った時には、檻《おり》の中の動物が僕の前に集まっちゃって大変だった」

自慢げに語り、南雲は「ハナちゃん、こんにちは」と手を振った。が、ハナは無反応。身じろぎもせず、黒く丸い目で南雲を見返している。「残念」と笑い、真島は言った。

「南雲さんって、藝大卒なんですか？　で、ダ・ヴィンチの信奉者？　……なるほど。なら、いろいろ説明が付くわ」

「そう言う真島さんは、ザ・理系って感じだね。『説明が付く』って言い回しとか、いかにも」

身を起こして横を向き、南雲も言う。どちらも笑顔だが、時生には二人の間に火花が散っているように思えた。と、真島は話を変えた。

「それはさておき、私たちは経験、すなわち実験を重ねて成果も上げています。このハナに開発中の試薬を投与したところ、目覚ましい効果が得られたんです」

「あっそう。その割にハナちゃんは、ご機嫌が麗《うるわ》しくないようだけど」

「南雲さんは彼女のタイプじゃないのかも。実験に疑問をお持ちなら、近々発表する論文を読んで下さい」

「だったら、急いだ方がいいよ。進藤さんを殺した犯人がわかれば、僕は事件にも関係者にも興味がなくなるから」

そう返し、南雲は「ハナちゃん。またね」と微笑んでケージの前を離れた。そのまま通路をドアの方に向かおうとしたので、時生は「仕事は済んでいませんよ」と告げて前に向き直った。真島と鎌田たちに「すみません」と会釈して話を戻す。

「進藤さんは生前、トラブルを抱えていたようですが、ご存じですか？」

さっきの秋山との会話を思い出し、訊ねる。すると、真っ先に鎌田が挙手して答えた。

「ちょうどお話ししようと思っていました。実は一昨日の夜、進藤先生の件とは別に、ここであることが起きていたそうです」

「あること？」

時生は訊ね、南雲も立ち止まって振り向く。「はい」と、鎌田は深刻な顔で頷いた。

5

「――と言う訳で、紫雲大学医学部附属遺伝医学研究所では一昨日の夜に、別の事案が発生していたと判明しました」

時生は言い、手にした捜査資料のページを捲った。同様に、会議室にいる他の刑事たちも捜査資料を捲る。

「マルガイの部下、鎌田秀道《ひでみち》によると、午後十時半頃、何者かが研究所の通用口、続けて一階の廊下に設置された防犯カメラのレンズに、黒いスプレー塗料を吹きかけたそうです。

警備室のガードマンは常駐しておらず、同じ敷地にある紫雲大学医学部附属病院の病棟一階にある警備室で、防犯カメラの映像をモニタリングしています。警備室に確認したところ、午後十時過ぎに敷地の奥に不審な人影を確認したため、ガードマンは全員そちらに急行したそうです。しかし誰もおらず、午後十時四十五分頃に研究所に移動し、スプレー塗料吹きかけの被害を確認。所内を見回ったところ他に異常がなかったため、記録写真を撮影し、レンズに付着した塗料を拭き取ったのち、午前零時前に警備室に引き上げています」

言葉を切り、時生は捜査資料に目を戻した。そこには、警備室から借りた防犯カメラの録画映像を印刷したものが添付されている。写っているのは、犯人がレンズにスプレー塗料を吹きかける様子だ。

「では、スプレー塗料が吹きかけられてからガードマンが到着するまでの約十五分、研究所の通用口と一階の廊下の防犯カメラは機能していなかったということか？」

奥の机に着いた藤野が問う。その顔は、傍らのホワイトボードに貼られた防犯カメラの録画映像に向けられている。頷き、時生は「はい」と答えた。

今日はあの後、鎌田や真島、他の研究員から話を聞いた。さらに警備室のガードマンにスプレー塗料の吹きかけ事件について確認を取り、楠町西署に戻った。そして午後五時になり、捜査会議が始まった。

「スプレー塗料を吹きかけた人物が、進藤さん殺しのホシだな。病院の敷地に入り、別の場所にガードマンを引き付けた上で、研究所の通用口に移動。スプレー塗料で防犯カメラを潰して何らかの方法で進藤さんを呼び出し、通用口から出て来た彼を襲った。その後、ドアがロックされないように細工した上で遺体をビルの裏に遺棄し、所内に侵入。続けて、廊下の防犯カメラも潰したんだ。しかし、ガードマンが所内を見回った際、遺体に気づかなかったのか?」

「はい。建物の裏までは調べなかったと話していました。スプレーの吹きかけについても、警備会社内での手続きが遅れ、警察には未通報です」

「ずさんもいいところだな。研究所内を再捜索するぞ」

語気を強めて藤野が告げ、刑事たちは頷く。また茶々を入れるのではと不安になり、時生は隣を見た。が、南雲は机に片手で頬杖《ほおづえ》を突き、もう片方の手に持った青い鉛筆を弄《もてあそ》んでいる。その様子が気になりつつ、時生は報告を続けた。

「部下によると進藤さんは、研究絡みのトラブルを抱えていたようです。実験結果の有効性を疑問視する学者や、人為的に寿命を延ばすのは倫理違反だと主張する宗教団体などから抗議されたり、脅迫めいたメールや手紙が届いたりしていたとか。進藤さんは反論し、揉《も》めごとになったこともあるそうですが、警察に通報や相談はしていません」

「怨恨がらみの可能性が増したな。防犯カメラの映像から、ホシを割り出せないか?」

「防犯カメラには、通用口と廊下のカメラのレンズにスプレー塗料を吹きかけるホシの姿が写っていました。黒っぽいジャージのようなものを着用し、フードをかぶってサングラスとマスクを装着しています。顔は確認できませんが、体つきから男、身長一七〇センチ前後で年齢は二十代から四十代と推測されます」

でも、はっきり写りすぎなんだよな。防犯カメラを潰すためとはいえ、脇から腕だけ突き出すとか、方法はあるはずなんだけど。捜査資料を手に解説しつつ、浮かんだ疑問を言うか言うまいか迷っていると、前方の席で「はい」と手が上がった。藤野の指名を受けて起立したのは諸富で、時生は着席する。

「現場周辺の防犯カメラの映像を解析した結果、不審車両を発見しました。一昨日の午後八時過ぎから昨日の午前一時頃まで、紫雲大学医学部附属病院の敷地前の通りに白いミニバンが停車しており、同じ車両がここ数日、同じ通りや病院の駐車場などに長時間停められていたことも判明しました。ナンバーを照会した結果、車両の所有者は納谷峰幸《なやみねゆき》、三十七歳。動物福祉団体『エバーグリーン』の代表で、実験動物の使用禁止を訴え、敷地前でたびたび進藤さんを非難する演説をしたり、ビラを配ったりしています」

「よし。では納谷の前科《まえ》などを洗い、明朝、重要参考人として引っ張ろう。無論、他に進藤さんと揉めていた個人や団体の捜査も進める。頼んだぞ」

藤野が重々しく告げ、刑事たちは表情を引き締めて「はい！」と応える。会議が終了し、一堂はドアに向かった。時生も立ち上がり、鉛筆を弄び続けている南雲に声をかけた。

「何を考え込んでいるんですか？　会議は終わりましたよ」

するとと南雲は手を止め、「あっそう」と返して顔を上げた。

「ハナちゃんに無視されたのが、ショックなんだよ。僕は動物、とくに犬猫には大人気なんだけどなあ。たぶん、穏やかで知的なオーラがそうさせるんだろうね」

「オーラじゃなく、匂いじゃないですか？　人間にはあり得ない、特殊でおいしそうな」

時生が問うと南雲は「何それ」と憤慨し、鉛筆とスケッチブックを手に席を立った。二人でドアに向かいながら、時生はさらに言った。

「僕はてっきり、昼間の一件を気にしてるのかと思いました。真島今日子さんと口論をしてたでしょ？　ハラハラしましたよ。さっき調べたんですけど、真島さんは進藤さんの右腕的な存在だったみたいですね。ここに来る前はアメリカの研究施設にいたとか。優秀な科学者なうえ美人なので、マスコミにも顔を出しているようです」

南雲は「だろうね」と答え、こう続けた。

「でも、あれは口論とは言えないよ。優れた頭脳とユーモアのセンスを併せ持った、文系と理系の知識人同士のディベート、軽いスパーリングって感じ。楽しかったなあ」

そう言って、南雲は笑った。「何ですか、それ」と時生は呆れ、また問うた。

「じゃあ、真島さんに言ったことは本気じゃないんですか？　僕はできるだけ長生きしたい方だけど、南雲さんの主張ももっともだなと思ったのに」

「僕はいつだって本気だよ。人はどれだけ生きたかより、どう生きるか。大切なのは、量より質だよ」

「本当かなあ。量より質とか、南雲さんが言うと食べ物の話に聞こえますよ」

時生が突っ込むと、南雲は「ひどいなあ」とぼやき、こう続けた。

「だって僕は、ダ・ヴィンチの『眠っている人よ、眠りとは何だ？　眠りと死は似ている。死後も自らが不滅の存在となり得るような仕事をすべきではないか』って言葉を人生の指針にしてるんだよ」

「はあ」

「とにかく、事件には動物福祉団体の代表が関係してそうなんでしょ？　それが、僕が指摘した進藤さんの服のシワとどう絡むかだね」

「ええまあ」

相づちを打ちつつ、「不滅の存在となり得るような仕事」がリプロマーダー事件ってことか？　とよぎり、南雲への疑惑が増す。だとしたら、なおさら慎重にいかないと。会議中はあんな態度だったのに、話の内容はしっかり頭に入ってる人だ。心の中で呟き、時生は歩きながら顔を上げた。

6

同じ日の午後七時過ぎ。時生と南雲は研究所を再捜索するために署を出た。途中、南雲に頼まれ裏通りでセダンを停めると、野中琴音がやって来た。

「えっ。どうして？」

戸惑い、運転席の時生は振り返った。野中に続き、刑事課の後輩・剛田力哉がセダンの後部座席に乗り込んできたからだ。野中はパンツスーツにロックTシャツ、剛田は流行りの細身のスーツというういつもの格好だ。

「さっき連絡があったんだよ。ちょうどいいから、琴音ちゃんと一緒に来てもらった」

そう答えたのは助手席の南雲で、後ろに「ね？」と微笑みかける。「はい」と剛田は細く白い首を縦に振った。

「井手さんに『構わねえから、小暮に特別捜査本部の状況を伝えろ』って言われました。それが村崎課長への抵抗だと考えてるみたいです。巻き込まないでよと思ったんですけど、小暮さんたちがリプロマーダー事件から外されたのは僕的にも納得できないので、協力します」

「気持ちはありがたいけど」

時生はさらに戸惑ったが、野中は「よく言った！」と言って、剛田の肩を叩《たた》いた。

「さすがの心意気だわ……特別捜査本部で再会して、剛田くんとも井手さんとも、すっかり仲良しよ。せっかくの申し出なんだから、ありがたく受けなさいよ」

後半は時生を見て命じる。二カ月ほど前に野中が楠町西署に時生を訪ねて来たことがあり、そのとき剛田・井手と顔を合わせたのだ。と、南雲も言う。

「そうそう。井戸《いど》さんって、顔は怖いけどいい人だね」

「井戸じゃなく、井手さんです……助かるよ。でも、くれぐれも慎重にね」

そう告げると剛田が「了解です」と返したので、時生は本題を切り出した。

「特別捜査本部の状況は？」

「南雲さんの予想通り、ピラミッドの骸骨はてっぺんの一つだけが本物でした。歯科所見で、港区赤坂《みなとあかさか》に本部がある指定暴力団・等々力《とどろき》組の幹部、一柳雄高《いちやなぎゆたか》、五十九歳のものだとわかりました。一柳は十日前の夜、組の会合に出たあと行方不明になり、構成員たちが捜していたとか。でも、社会的な影響を考えて、このことは当分公表しないそうです」

興奮気味に語り、剛田は脇に抱えたバッグから写真を取り出して時生に渡した。写っていたのは、三分刈りの髪に日焼けしたごつい顔、鋭い目つきの中年男。それを隣から見た南雲が「うわあ。いかにもだね」とコメントし、時生も言う。

「等々力組って、内輪揉めで抗争中だよね？　半年ぐらい前には西麻布《にしあざぶ》のサウナで銃撃事件があって、流れ弾に当たった無関係の男性が死亡した」

「ええ。目撃情報から本庁の組織犯罪対策部《ソタイ》が一柳を逮捕《アゲ》ようとしたら、部下の構成員が犯行に使われた拳銃持参で出頭して、『自分の独断でやった』と言い張ったんです。そのうえ等々力組が圧力をかけたらしく、関係者は口をつぐんでしまった」

「ひどい話だし、マスコミが派手に報道して世間も大騒ぎ。リプロマーダーが六件目の犯行のターゲットに一柳を選んだのも当然だ」

　空《くう》を見て、南雲が断言する。その横顔を見て、時生は問うた。

「当然ですか？」

「うん。再現した絵画とも合うしね。『戦争礼賛』のテーマは反戦と言われてるけど、ヴァシーリー・ヴェレシチャーギンは戦争に限らず、権力と身勝手な主張を振りかざして人々を巻き込み、傷つける者への怒りと抗議のためにあの絵を描いたんだと僕は思ってる」

　また南雲が断言する。口元に笑みこそ浮かんでいないものの、その大きな目は、神田神保町の古書店の二階で見た時と同じように鋭く光っていた。ぞくりとした時生だが、同時に、そういう解釈であの絵を選んだのかと納得してしまう。剛田も「なるほど。さすがは南雲さん」と呟き、こう続けた。

「でも、マルガイが反社だと捜査は難航しそうですね。関係者は非協力的だろうし、ソタイも『俺らの邪魔をするな』とか言ってきそうだし。それに、マルガイの素性を公表したら――知ってます？　ネットではリプロマーダーはどんな人物で、次に狙われる悪人と再現する絵画は何か、大盛り上がりなんですよ。検証サイトもできて、人間の死を描いた絵画を特集した週刊誌が完売したりもしています。野中さんはこの現象、どう思います？」

「どうって、心配よ。まさに思うがままの状態で、リプロマーダーはますます増長して犯行を続けるはずだもん。でも、気になることがあるのよね」

眉をひそめて答え、野中はシートに背中を預けて脚を組んだ。「気になることって？」

という時生の問いかけに、こう答えた。

「犯行声明が出ない」

「犯行声明？」

「そう。この前、リプロマーダー事件は典型的な劇場型だって言ったでしょ？　劇場型犯罪の犯人は、自分の存在意義に疑問を抱き、強い孤独を感じている場合が多いの。だから、警察やマスコミに犯行声明文を送りつけて自分を認めさせようとするわけ。一方で、リプロマーダーは犯人像としては秩序型で知能もコミュニケーション力も高いから、タイミングをはかってるんだと思ったの。なのに、犯行声明は出ない。十分注目されて、『現代の仕置人』なんてもてはやされもして、出すなら今しかないはずよ」

「矛盾してるってこと？　そう言えば、このまえ野中さんは、リプロマーダーはシリアルキラーのタイプとしては快楽主義者だと思うけど、悪人をターゲットにして自分を正当化してるところは、ミッション系の傾向もあるって話してたね」

記憶を辿って時生が問い返し、野中は「そうそう」と首を大きく縦に振った。と、南雲が、「美しくない」と顔をしかめた。

「言葉で補足しなきゃ意図が伝わらないような犯罪は、三流だよ。リプロマーダーには、現場がすべてってて自信と誇りがある。だから犯行声明文は不要なんだ」

「はあ」

「確かに」

野中と剛田が相づちを打ち、時生は「犯罪に三流も一流もないでしょ」と突っ込む。

「そりゃそうだ」と笑ってから真顔に戻り、南雲は話を変えた。

「話してて閃いた。剛田くん、リプロマーダーの最初の事件に関する資料を集めてもらえる?」

「はい。わかりました」

「最初の犯行って、マルガイはホストにはまって子どもを放置した女性ですよね。再現されたのは、ジョット・ディ・ボンドーネの『最後の審判』。資料を集めてどうするんですか?」

時生の質問を待っていたように、南雲は答えた。

「もちろん、調べるんだよ。絵画とか小説とか、最初の作品に作者のすべてがあるって言うでしょ」

「初めて聞きました。ただ、警察でも、連続事件の捜査は最初の事件がカギだと言いますけど」

「そうそう。いいアイデアでしょ？　剛田くん、頼むね」

南雲が話をまとめ、剛田は「任せて下さい」と応えて帰り支度を始めた。野中たちは本庁の特別捜査本部に戻るそうで、まず剛田がセダンを降りる。一緒に南雲も降車して二人は立ち話を始め、野中も後に続こうとした。が、動きを止めて時生を振り返った。

「少し前に仁美ちゃんと電話で話したんだけど、元気がなかったわよ。『波瑠は私にだけは本音で話してくれると思ってたけど、自信がなくなった』って」

「それ本当？　僕は聞いてないよ。姉貴のやつ、何なんだよ」

驚き、腹立たしさも覚えてつい声を荒らげてしまう。それを「まあまあ」となだめ、野中は続けた。

「仁美ちゃんなりに責任を感じてるし、小暮くんに心配かけたくないと思ってるのよ。事情を訊いてみたら？　ただし、言い方には気をつけるのよ。世の中の半分は、言い方と思いやりでできてるんだから」

「何だ、それ」と言い返しかけた時生だが、リプロマーダーの件だけではなく、このことも伝えたくて野中はわざわざ来てくれたのかと気づいた。そこで声のトーンを落とし、「わかった。ありがとう」と返すと、野中は「こんど奢ってよ」といたずらっぽく笑ってセダンを降りた。

7

野中たちと別れたあと紫雲大学医学部附属遺伝医学研究所に行き、秋山と鎌田の立ち会いのもと、再捜索をした。しかしクリスタル製の置き時計以外になくなったものはなく、盗聴器や監視カメラなども仕掛けられていなかった。

時生が帰宅したのは、日付が変わる直前だった。門から短いアプローチを抜け、玄関に進む。ノブを摑んで廻すとまた施錠されておらず、ドアは開いた。が、今夜の時生はそれどころではなく、三和土に入ると急いで黒革靴を脱ぎ、廊下に上がった。

手前にある仁美の部屋のドアに歩み寄り、耳を澄ますと音楽が漏れ聞こえてきた。まだ起きているなとノックしようとした矢先、廊下の奥のドアが開いた。ダイニングキッチンから出て来たのは、仁美。Tシャツにハーフパンツ姿で、伸びた前髪を頭の上でちょんまげのように束ねている。両手で摑んでいるのはカップ麺の容器で、紙蓋の上に割り箸が載っていた。

「おかえり」

薄暗がりの中、仁美がぼそりと言う。前に向き直り、時生は返した。

「ただいま。姉ちゃん、話があるんだけど」

「明日にして。麺がのびる」

ぶっきら棒に返し、仁美は廊下を進んで自室のドアに手を伸ばした。首を突き出し、時生は言う。

「それどころじゃないだろ。波瑠が――」

「香里奈と絵理奈が起きるよ。『パパを待ってる』って騒いで、寝かしつけるのが大変だったんだから」

しかめ面で訴えられ、時生は思わず口をつぐんだ。と、その隙に仁美はドアを開けて部屋に入ってしまった。「ちょっと！」と後を追おうとした時生だが、この時間に双子に目を醒まされたら、厄介なことになる。仕方なく、廊下の向かい側にある階段を上がった。

足音を忍ばせて二階に行き、廊下を進む。時生の部屋は手前で、隣は長男・有人、向かい側に双子と波瑠の部屋があり、突き当たりはトイレだ。

自分の部屋に入りかけて、声に気づいた。波瑠のもので、時生は斜め向かいのドアを見た。目線の高さの位置に楕円《だえん》形のボードが取り付けられ、カラフルな木製のアルファベットの切り文字で「HARU'S ROOM」と並んでいる。

すり足でドアに歩み寄り、耳を寄せた。とたんに、

「何それ⁉」

と波瑠が声を上げ、時生の胸はどきりと鳴る。が、波瑠は「ウケるんですけど」と続けて笑い、枕かクッションを叩くような音も聞こえた。スマホの電話かビデオ通話で、誰かとやり取りしているのだろう。時生はノックしようと片手を上げたが、そのまま動かず耳を澄ました。

ドア越しに漏れ聞こえてくる波瑠の声は明るく弾んでいて、たびたび笑った。娘のそんな様子は久しぶりで、かつては毎日のように見ていた笑顔が頭に浮かぶ。そしてその声も笑顔も、今この家にはいない妻・史緒里《しおり》によく似ていると気づいた。

切なくもどかしい想いにさっき野中に聞いた話が重なり、時生はしばらくそこに立っていた。

8

後ろの扉が開き、大型車両から隊員たちが降りて来た。全員濃紺の制服に防弾チョッキを付けて頭に防弾仕様のバイザー付きヘルメットをかぶり、それぞれ盾や破城槌《はじょうつい》、サブマシンガンなどを持っている。通りに整列した十名ほどの隊員たちは分隊長の指示を聞い

ていて、その脇には楠町西署刑事係長の藤野の姿もある。時生と諸富、糸居、ほかの刑事たちは、それを三十メートルほど離れた通りの先で見守っていた。すると、

「あ～あ。SATのみなさんまで呼んじゃって。暑いのに大変だ」

と能天気な声がして、後ろを見た。通りの端に並んだ署のセダンの方から、南雲が歩いて来る。いつもの黒い三つ揃い姿で脇の下に表紙が赤いスケッチブックを挟み、両手に大手チェーンのコーヒーショップの蓋付き紙コップと、包装紙に包まれたホットドッグを持っている。慌てて、時生は言った。

「なに言ってるんですか。現場でものを食べないで下さい」

「寝坊して、朝ご飯を食べ損ねちゃったんだよ……ラテならいい？」

もぐもぐと口を動かしながら返し、南雲は紙コップを持ち上げて見せた。時生が「ダメです」と即答すると、南雲は「ちえっ」と子どものように呟き、傍らに立つ制服姿の警官に、「これ、持ってて。食べちゃダメだよ」と告げて手にしたものを渡した。それを諸富とその相棒、他の刑事たちが啞然として眺める。

一夜明け、納谷峰幸にはエバーグリーンの抗議対象者への脅迫や不法侵入で逮捕された前歴があり、ここひと月ほどは進藤の研究所をターゲットにしていたとわかった。そこで重要参考人として任意同行を求めることになり、諸富班が納谷の自宅に向かったところ、署に応援要請があった。それを受け、時生や他の刑事たちは、それぞれの持ち場からここ、

石蕗町《つわぶき》五丁目の住宅街に駆け付けた。時刻は間もなく午前十時だ。

時生の隣に来て、通りの先に目を向け、また南雲が言った。

「MP5SDか。お約束だけど、サプレッサーが野暮ったいんだよね。僕の好みは、MP5にダットサイトとフラッシュライト一体型レーザーサイトを装着したやつ」

SATの隊員が持つサブマシンガンのことらしい。SATとは「Special Assault Team」の略で、本庁の警備部所属の特殊急襲部隊だ。

「南雲さん、銃器にも詳しいんですか?」

驚いたようにそう訊ねたのは、諸富。他の刑事たちも驚いている様子だ。自慢げに顎を上げ、南雲が返す。

「危険なものは美しいからね。銃器はもちろん、毒キノコや毒グモ、毒ガエルも大好き」

とたんに諸富たちが怪訝な顔をしたので、時生は「職務に戻りましょう」と促した。みんなで前に向き直ったが、通りの先の状況に変化はない。ベテランの刑事が諸富に訊ねた。

「納谷は間違いなく在宅しているんだな?」

「はい。インターフォン越しですが、本人だと確認を取りました」

場に張り詰めた空気が戻る。時生たちとSATの隊員たちの間に、一軒の二階屋がある。陸屋根《ろく》で外壁がレンガ張りの、古びてはいるが豪邸だ。しかしすべての窓は雨戸が閉められ、塀の上には有刺鉄線が取り付けられている。両親が亡くなった後、納谷はここで独り暮らしをしているという。

「あの家が、エバーグリーンの本部なんだろ。他のメンバーも一緒なんじゃないか？」

「ええ。捜査の手が迫ったと知り、武装して待ち構えている恐れもあります。この一帯は封鎖して住民も避難済みですが、その範囲を広げた方がいいかもしれません」

「それはどうかなあ」

南雲が言い、またみんなの目が動く。時生より早く、諸富が問うた。

「どういう意味ですか？」

「エバーグリーンがどんな団体かはわからないけど、納谷は犯人じゃないよ」

しれっと答えた南雲の腕を引っ張り、時生は告げた。

「諸富さんの話では、納谷は任意同行を拒否しただけじゃなく、家の中から諸富さんたちにゴミを投げつけたそうですよ。しかも近所の人から、『あの家からは異臭がして、早朝や深夜に複数の人が出入りする気配もあった』という証言も得ています」

「進藤さん殺しのホシは納谷。これが証拠です」

糸居も言い、手にしたタブレット端末の画面を南雲に見せた。そこに表示されているのはエバーグリーンの公式サイト。上に赤い文字でデカデカと「我々は動物を虐待する企業・団体・個人を許しません！」と書かれ、動物園や水族館、サーカス等で飼われるライオンや象、イルカ、実験動物のラットや犬、猿の写真が並んでいる。その下には、それらの施設の責任者や関係者の顔写真が並んで氏名が記され、「極悪人」「悪魔」といった文字入りの吹き出しも添えられている。そこには紫雲大学医学部附属遺伝医学研究所の研究員たちの顔写真もあり、進藤に添えられた吹き出しの文字は「死刑！」だ。

南雲は画面を一瞥《いちべつ》し、「それ、さっきも見た」と返してから言った。

「みんな、大事なことを忘れてない？　進藤さんは殺される前、土下座をしてたんだよ。昨日の聞き込みで、研究所の人が進藤さんは納谷を『毛嫌いしてた』と言ってた。なら、土下座なんてしないでしょ」

「土下座をしていたと証明された訳じゃないでしょう。刃物などで脅されて、強要されたのかもしれないし」

糸居が反論し、南雲も返す。

「刃物で脅してたのに、置き時計で頭を殴打？　それに、動物福祉団体が抗議対象に求めるのは謝罪じゃなく、改悛《かいしゅん》だよ」

確かにそうだな。口には出せないが時生はそう思い、糸居と諸富がぐっと黙る。その時、時生たちが耳に挿した警察無線のイヤフォンから、藤野の声が流れた。

「突入！　ＳＡＴに続け」

はっとして顔を上げた時生たちの目に、二列に並んで納谷の自宅の敷地に入って行く隊員たちが映る。慌てて、時生たちも駆けだした。

開いた門から敷地内に入り、レンガ敷きのアプローチを進む。前方の玄関前には隊員たちがいて、その肩越しに円柱状の破城槌をドアに打ち付ける大きな音が聞こえた。木製のドアはすぐに破られ、隊員たちは家の中になだれ込んだ。時生たちも続き、藤野を先頭に大理石張りの広い三和土を抜け、土足で玄関に上がる。

まず気づいたのが、鼻を突く異臭。糞尿《ふんにょう》と薬品が混ざったような臭いで、時生の後ろの南雲が小さく咳《せ》き込む。玄関の先は板張りの廊下で、後ろから差し込む明かりが、腰を落とし、声を掛け合いながら前進する隊員たちの背中を照らした。

隊員たちは二手に分かれ、廊下の両側に並んだドアを開けて部屋の中を確認した。その度に「クリア！」の声が上がり、少し遅れて時生たちも倣ったが、明かりが点された室内には埃をかぶった応接セットや衣装ケースなどがあるだけで、人の姿はなかった。

廊下を抜けると、リビングに出た。広さは三十畳近くあり、天井のシャンデリアが、天板がガラスのダイニングテーブルと、そこにセットされた椅子、黒い革張りのソファ、壁際の暖炉などを照らしている。ダイニングテーブルの上には宅配ピザの箱や空のペットボトルなどが散乱し、ソファには誰かが寝たような跡もあったが、ここも無人で、隊員の「一階、オールクリアです！」という声が響く。隊員たちはリビングの隅にある階段で二階に向かい、刑事たちも付いて行く。時生も続こうとした矢先、

「小暮くん」

と呼ばれ、足を止めて振り向いた。リビングの奥のドアから、南雲が顔を出して手招きしている。ドアの中は、キッチンのはずだ。

「どうしました?」

問いかけた時生を南雲は、「来て」と促してキッチンの奥に進んだ。「そこはSATが調べましたよ」と告げながらも後に続くと、広さは六畳ほどで、奥にシステムキッチン、手前側の壁に作り付けの食器棚がある。システムキッチンの上には窓もあるが、板で塞がれていた。

「この家。家具や雑貨は古いけど高級品だよ。でも、あれだけは新品の安物」

胸にスケッチブックを抱いて告げ、南雲はシステムキッチンの前の床を指した。そこも板張りで、布製の白いフロアマットが敷かれていた。

安物かどうかはさておき、確かに買って間もないな。そう思い、時生は身をかがめてフロアマットを捲り上げた。露わになった床には、縦三十センチ、横五十センチほどの金属製の枠が埋め込まれていた。その左右には、回転式の取っ手も埋め込まれている。

「中は床下収納でしょう。金具が綺麗だから、最近設置かリフォームされたようだけど」

そう呟きつつ、時生は取っ手を回転させて指を引っかけ、蓋を持ち上げた。ところが、現れたのは階段。コンクリート製で、地下に延びている。

「やっぱり地下室だ! こういう展開、海外ドラマに多いんだよね……小暮くん、調べて。

僕はみんなを呼んで来る」

テンションを上げて告げ、南雲はさっさとキッチンを出て行った。

「無線で呼べばいいだろ。さては逃げたな」

そうぼやいて時生がポケットから無線機を出そうとした矢先、階段の下でがたんと音がした。手を止め耳を澄ますと、かすかだが赤ちゃんの泣き声のようなものが聞こえる。たちまち緊張し、時生は無線機の代わりに小型の懐中電灯を出して、スイッチを入れた。

一段、二段。懐中電灯で足元を照らし、階段を下りた。異臭が強まり、胸がざわめく。階段を下りきると傍らに引き戸があったので、取っ手を摑んで静かに開いた。その隙間から奥を覗いたが暗くてよく見えない。呼吸を整えて引き戸をさらに開け、地下室に入った。とたんに、頭上から何かが落ちてきて鼻先をかすめた。胸がどきりと鳴り、時生は、

「動くな！　警察だ」

と叫んで懐中電灯を下に向けた。そこにはコンクリートの床があるだけだったが、何かが部屋の奥に走って行く音がした。暗い部屋のあちこちからも、何かが動き回る気配が伝わってくる。

混乱して焦りを覚えつつ、時生は懐中電灯の明かりを左右に巡らせた。白い光の輪が、床の上に積み上げられた段ボール箱と本、書類、その間に転がった薬品のタンクやボトル、バケツなどを照らしだす。

床の上のものを避け、ゆっくり前進すると部屋の奥にぼんやりと明かりが見えた。目をこらし、それがパソコンの液晶ディスプレイで、その前に誰かがこちらに背中を向けて座っていると気づく。

「警察だ！　両手を上げて、こっちを向け」

時生は身構え、呼びかけた。が、誰かは椅子に座ったまま動かない。どうやら頭に大きなヘッドフォンを装着し、大音量で音楽を聴いているようだ。同時にパソコンのキーボードを叩いてもいるらしく、カチャカチャという音が耳に届く。

すぐ後ろまで行き、時生は懐中電灯で誰かの後頭部を照らし、大きな声で呼びかけた。

「おい！　こっちを向け」

一瞬の間を置き、カチャカチャという音が止んだ。続いて誰かがゆっくりと、後ろを振り向く。

懐中電灯の明かりに目を細めながら時生を見返したのは、小柄で丸い顔に無精ヒゲを生やした中年男。納谷峰幸だ。そしてその片腕には、一匹の黒猫が抱かれていた。にゃあ、と黒猫が鳴き、それに応えるように納谷の足元にうずくまっていた数匹の猫が頭を上げた。

9

「――だから問題は、二〇二二年に始まった犬猫へのマイクロチップ装着義務だ。遺棄を防ぐためと謳っているが、いずれは同じものを国民に埋め込み、管理するつもりに決まってる」

勢いよく捲し立て、納谷峰幸は机の向かいの時生を見た。「わかったわかった」と返し、時生はそれた話を元に戻した。

「進藤善己さんについて聞かせてくれ。お前は紫雲大学医学部附属遺伝医学研究所で行われている動物実験を阻止するために、所長の進藤さんを監視したり、非難するようなビラを配ったりしたんだな？」

そう問いかけ、机の上に並べた写真を指す。どれも諸富が解析した防犯カメラの映像で、研究所付近の通りに停まった納谷の車や、ビラを配る納谷の姿が写っている。

写真を見ず、納谷は「ああ」と即答した。黒いスウェットの上下という格好で、そのあちこちに猫の毛が付着している。

「よし」と呟き、時生は傍らの壁に取り付けられた鏡をちらりと見た。マジックミラーで、その向こうの部屋では藤野、諸富ほかの刑事たちがこちらを見守っているはずだ。時生の斜め後ろには、南雲も立っている。

二時間ほど前。時生は地下室で発見した納谷に、諸富たちへの公務執行妨害で逮捕すると告げた。納谷は抵抗したが、南雲の報せで駆け付けた刑事たちが身柄を拘束し、楠町西署に連行した。そして納谷が落ち着くのを待ち、取調べが開始された。

「今年の二月。お前は都内の別の研究所の防犯カメラにスプレー塗料を吹きかけ、建造物損壊罪で逮捕されているな。しかも、堂々とカメラの前に立って犯行に及んでいる」

「当たり前だ。俺は自分の主張が正当だという絶対の自信を持ち、それを相手にアピールするために行動しているからな」

小鼻を膨らませ、納谷が返す。すかさず、時生は「じゃあ、これもお前の仕業か？」と問いかけ、時生は机上のファイルから別の写真を出して並べた。こちらも防犯カメラの映像で、レンズに黒いスプレー塗料を吹き付ける犯人の姿が写っている。

「三日前の夜、進藤さんの研究所に設置された防犯カメラに、スプレー塗料が吹きかけられたんだ」

「俺じゃない」

「そうか？　フードをかぶってサングラスとマスクも付けているが、背格好はお前によく似ているぞ」

「だから俺じゃないんだ。フードやサングラスで顔を隠してしまっては、主張をアピールできない」

言われてみればその通りだな。時生はそう思い、納谷の前科の資料にあった防犯カメラの映像が頭に浮かぶ。しかし表には出さず、質問を続けた。

「しかし、お前は事件発生時は一人で自宅にいたと言うが、それを証明してくれる人はいない」

とたんに、納谷は顔を険しくして「一人じゃない。猫が一緒だ」と返し、さらに言った。

「俺は文部科学省、公安警察、その他の敵対する団体・個人の攻撃から身を守るため、自宅に防犯カメラを取り付けているんだ。調べてみろ」

何も応えず、時生は再び壁の鏡に目をやった。納谷の自宅の防犯カメラをチェックして欲しいという合図だ。と、納谷がぼそりと言った。

「やったのは、俺の仲間かもな」

「仲間がいるのか？」

「ああ。ＣＩＡやＭＩ６、ＳＶＲ……世界中の情報機関に仲間が潜入していて、動物を通じて連絡を取り合ってる」

またかよ。落胆し、時生は小さく息をついた。一方南雲はぱちぱちと拍手し、「素晴らしい！　動物って、伝書鳩《でんしょばと》とか？」と問いかける。

訊かれたことには答える納谷だが、すぐ脱線する上に、思い込みや妄想としか感じられない話ばかりだ。また家宅捜索の結果、納谷は自宅で猫を二十匹以上飼っていたとわかった。異臭の正体は猫の糞尿と納谷が買い込んだ薬品で、曰《いわ》く「体内の有毒物質を排出する効果のあるキャットフードをつくっていた」そうだ。時生が聞いた赤ちゃんの泣き声も、発情期の雌猫の鳴き声だろう。さらに早朝や深夜の人の出入りは、エバーグリーンのメンバーだった。しかし納谷の言動に愛想を尽かして次々と脱退、残ったのは納谷一人だ。

「さっき、僕の仲間にゴミを投げつけたでしょ？　その中にあったレシートを見たんだけど、あなたは宅配ピザ店にハムとベーコンのピザを注文してますね。実験用動物やサーカスはダメだけど、畜産はありなの？　家畜への虐待も、問題になってるよね」

続けて問い、南雲は進み出て来た。ぎょっとした納谷だが、「違う。それは」と反論しようとする。時生はそれを「答えなくていい」と止め、南雲の腕を引いて「こっちが話を脱線させてどうするんですか」と囁いた。が、南雲はどこ吹く風で納谷に微笑みかけた。

「あなたを責めるつもりはありません。でも、物事には矛盾が付きものだし、ゼロか百かで考えない方がいいと思うよ。レオナルド・ダ・ヴィンチだって、『少し後ろに下がってみるといい。すると絵は小さく見え、見える範囲は広がる。手や脚のバランスが取れていないことや、色の調和が悪いことなどに、すぐ気づくはずだ』と言ってるし」

キレるかと思いきや、納谷は小さな目を開き、南雲を見つめた。エキセントリックな人間は、上をいく者の言動に説得力を感じるということか。時生はそう思い、取調べを進めるチャンスだとも察して身を乗り出した。その矢先、また南雲が言った。

「それはそうと、教えて欲しいことが。進藤さんの研究室にビーグル犬のハナちゃんって女の子がいるんだけど、話しかけたら無視されちゃったんですよ。僕は動物には好かれるタチだし、犬のことをいろいろ調べてもみたんだけどわからなくて。なんでだと思う?」

よりによって、そんな話を。隣室で顔を険しくする藤野を想像して焦り、時生は南雲に「休憩にしましょう」と告げた。すると納谷は、「ああ。ハナか」と頷いて言った。

「三歳の個体だな。衰弱していると聞いたことがある。投薬実験の副作用だろう。かわいそうに」

「いや。健康状態には問題なさそうなんだけど……でも、よく知ってるね」

南雲の疑問に、納谷は小鼻を膨らませて応えた。

「まあな。俺は都内のどの研究施設でどんな実験用動物が飼われているか、すべて把握しているんだ」

「それ、本当?」

「ああ」

納谷は頷き、南雲は「ふうん」と呟いて空《くう》を見た。続いてくるりと身を翻し、元いた場所に戻る。ほっとして時生が取調べを再開しようとした時、また納谷が言った。

「誰が進藤を殺したか知りたいんだろ。なら、俺だよ」

「なに⁉」

驚き、時生は身を乗り出した。それを満足げに見返し、納谷はこう続けた。

「俺は進藤は死刑になるべきだと思ってた。その怨念が天に届き、あいつを処刑してくれたんだ」

「いい加減にしろ！」

時生は怒鳴り、机をばしんと叩いた。憤りを覚える一方、どっと疲れ、馬鹿馬鹿しくもなった。

10

前方の信号が赤に変わり、時生はセダンを停めた。車内でエアコンは動いているが、窓から差し込む西日で腕がじりじりと焼けていくのがわかる。時刻は午後四時になったところだ。

「南雲さんの言うとおり、納谷は無実《シロ》ですね。あいつがホシなら、堂々と顔を出して防犯カメラを潰すでしょう。じきに釈放だろうな」

隣を見て語りかける。助手席の南雲は「うん」と返し、手にした書類のページを捲った。

あのあと間もなく、時生たちは納谷の取調べを終えた。その結果を諸富は、「突飛な言動で犯行をごまかそうとしている」と疑ったが、しばらくして納谷の自宅に取り付けられた防犯カメラの映像が解析され、スプレー塗料吹きかけ事件の発生時、彼は在宅していたとわかった。諸富は「映像を細工した可能性がある」と食い下がったが、藤野は「言動は過激だが現実性に乏しく、納谷が人を殺すとは考えにくい」と判断した。

「じゃあ、誰が進藤さんを……秘書の秋山愛実《まなみ》さん、サーチュイン遺伝子研究室の真島さんは進藤さんの死亡推定時刻には研究所にいなくて、アリバイもある。残業をしていた鎌田さん、そのほか数人の研究室のメンバーにはアリバイがないけど、犯行動機もない。諸富さんは、『納谷以外にも進藤さんを敵視していた団体や個人はいる』と言ってるけど……僕の話、聞いてます？」

そう問いかけ、書類に見入る南雲の横顔を覗く。すると南雲も時生を見て、「聞いてない。なに？」と問い返した。脱力し、時生が「勘弁して下さいよ」とぼやくと、南雲は笑い、「ごめんごめん。進藤さんの事件でしょ」と返してこう続けた。

「そのへんは小暮くんたちに任せるとして、僕は土下座の謎を解かないと。あと、ハナちゃん」

「ハナちゃんって、まだ言ってるんですか？」

呆れた時生だが、信号が青になったのでセダンを発車させ、気持ちも切り替えて訊ねた。

「それ、剛田くんがくれた、リプロマーダーが最初に起こした事件の捜査資料ですよね。

目新しい情報はありましたか？」

一時間ほど前、「庭梅町五丁目の現場に来たついでに」と剛田が楠町西署に顔を出した。その際、剛田は人目に付かないように時生たちに最新の捜査資料のコピーを渡し、特別捜査本部の状況を教えてくれた。それによると、庭梅町五丁目の現場は最近整地されたばかりで複数の重機や工事関係者が出入りしており、ホシの足痕などは確定できない状態だという。加えて、現場付近に防犯カメラは設置されていなかった。そこで時生たちは藤野に再度、研究所の関係者に話を聞きに行くと偽って署を出て、リプロマーダーが最初に起こした事件の現場に向かった。

「新情報はないけど頭が整理できたし、忘れてたことも思い出せたよ。小暮くんも後で読んだら？」

そう答え、南雲は分厚い資料の束を持ち上げて見せた。視線を前に戻し、時生は返した。

「いえ。事件のことは全部頭に入っているので」

本当は南雲さんも同じでしょ？　最後にそう問いかけたかったが堪え、隣の反応を窺う。すると南雲は「だよね～」と軽いノリで返し、「次にコンビニがあったら寄って。アイスを買いたいんだ」と告げた。

一時間ほどで現場に到着した。豊島《としま》区の東武《とうぶ》東上《とうじょう》本線北池袋《きたいけぶくろ》駅にほど近いアパートだ。通りの端にセダンを停め、時生たちはアパートに歩み寄った。軽鉄筋の小さな二階屋で、割れも目立つ。

十二年前の事件発生時もそれなりに古かったが、今ではクリーム色の外壁は黒ずみ、ひび

「あそこだよね。二〇二号室」

二階中央の部屋を指し、南雲が言う。時生も同じ部屋を見て「ええ」と頷いた。二〇二号室のベランダには、ワイシャツやバスタオルなどの洗濯物が干されている。時生の頭の中ではそこに、ゴミ袋やコンビニのレジ袋が積まれていた、同じ部屋の十二年前の光景が重なった。

十二年前の一月下旬。一報を受けた時生は、当時所属していた本庁捜査第一課の相棒とともにこのアパートに急行した。狭いワンルームの部屋に入り、真っ先に視界に飛び込んで来たのが、宙に浮いた全裸の女。結束バンドで後ろ手に縛られたうえ、長くボリュームもある髪を編み込みにされ、毛先をロフトベッドの金属製の柵に結びつけられていた。

女は大野美優《おおのみう》、二十三歳。池袋のキャバクラに勤務するシングルマザーで、一年ほど前に当時二歳の長男・綺羅《きら》くんと、この部屋で暮らし始めた。しかし間もなく美優はホストに入れあげ、当時二十五歳のその男が勤務する新宿歌舞伎町のホストクラブに通い詰めるようになる。やがて肉体関係を持つと美優はますますホストに入れあげ、キャバクラの給料はおろか借金までして貢《みつ》ぐようになった。

結果、美優は自宅アパートにはほとんど帰らなくなり、綺羅くんは放置された。同じア

パートと近所の住人は、度々「ママ」と泣き叫ぶ綺羅くんの声を聞き、裸足で外を歩く姿も目撃している。通報を受けた警察官や児童相談所の職員が訪ねると、美優は「ちゃんと面倒を見る」と言うのだが、しばらくすると元通りということが繰り返された。

そして事件当日の午後十一時過ぎ。所轄署に「また綺羅くんの泣き声がする」という通報があり、警察官が駆け付けたところ、綺羅くんはバスルームに閉じ込められ、美優はゴミや衣類が散らかった部屋で死亡していた。

すぐに所轄署に捜査本部が設置され、検死の結果、美優の死因は紐のようなもので頸部《けいぶ》を締められたことによる窒息、凶器は現場の床に落ちていた美優のベルトで、死亡推定時刻は事件当日の午後五時から八時とわかった。捜査本部は怨恨による殺人と断定し、重要参考人として美優が入れ込んでいたホストを聴取した。が、ホストは美優の死亡推定時刻は勤務中で、ホストクラブの客や従業員から裏も取れた。

加えて遺体の状況が、編み込んだ髪で吊すという点以外にも、背中で縛られた手や、顔をやや左側に傾けて顎を引き、目と口を開いているという点がジョット・ディ・ボンドーネの「最後の審判」という壁画の女とそっくりだとわかり、猟奇殺人の可能性が浮上した。その直後、リプロマーダーによる二件目の殺人が起きた。

「知ってる？　リプロマーダーが犯行を再開して騒ぎになって、あの部屋を管理してる不動産業者には、内見希望者が殺到してるらしいよ」

好奇心溢れる声で南雲が囁いてきたが無視し、時生は告げた。

「で、どうします？　住人がいるんじゃ部屋には入れないし、周辺の聞き込みでもしましょうか」

「それより、事件を再検討しよう。リプロマーダーの被害者は全員悪人で、現場から指紋や毛髪などは検出されず、防犯カメラにも写っていない。でも、捜査資料を読んで気づいたんだ。事件発生前、被害者はマスコミやネットで悪行が暴露され、世間の非難を浴びていた。でも一人目の大野美優だけは、その存在も悪行も広くは知られていない、いわば無名の悪人だった」

スケッチブックと捜査資料を抱え、南雲は言った。「ええ」と頷き、時生は返す。

「だから、十二年前に捜査本部でも同じ話が出て検討されたでしょう」

「そうだっけ？　……とにかく、最初の事件だけは他と違う。リプロマーダーは成り行きで美優を殺しちゃったんじゃない？」

「偶発的な犯行ってことですか？　それも十二年前に検討されて捜査もしたけど、犯人特定の糸口にはならなかった……南雲さん、大丈夫ですか？　四十代でかかる認知症もあるそうですよ」

呆れるのを通り越して不安になり、時生は問うた。が、南雲は「やめてよ」と顔をしかめ、話を続けた。

「つまり、すべては最初の事件にあるってことで、また僕の言うとおりになったね」

「その根拠のない自信と都合のいい考え方、尊敬しますよ」

嫌味のつもりだったが南雲は「ありがとう」と微笑み、通りを歩きだした。「どこに行くんですか?」と問いかけて後に続くと、南雲は「聞き込みするんでしょ」と答えた。

通り沿いの民家の住人に話を聞いた。事件当時から住み続けている人もいたが、目新しい情報はなかった。奥の通りに移動して、すぐ異変に気づいた。

「えっ。なんで?」

立ち止まって時生は言い、南雲もそちらに目を向けた。アパートの裏に位置する一角が空き地になり、「売地」の文字と不動産会社の名前と電話番号が記された看板が立っている。

「ここ、家が建ってたんだっけ?」

「ええ。古い木造家屋で、現場のアパートの大家さんが住んでいました。大家さんの息子さんは事件当時アパートの一室で暮らしていて、綺羅くんが放置されていると最初に気づいて通報したのも彼です」

説明しながら時生の頭に、今は親族の家にいるという綺羅くんの白く小さな顔、派手な化粧でピースサインをかざす生前の美優の顔写真、さらに大柄でメガネをかけた大家の息子の姿が蘇《よみがえ》った。一人でリプロマーダー事件を捜査する過程で各現場を再訪したが、最近ここには来ていなかった。

と、空き地の隣の家から女性が出て来た。小柄で白髪頭にパーマをかけている。この家の住人で、聞き込みで何度か話したことがある。迷わず、時生は「すみません」と声をかけて歩み寄った。怪訝そうな顔をした年配の女性だったが、時生が警察手帳を見せると「ああ、刑事さんね」と頷いた。

「お隣の横澤《よこざわ》さんは、どうされたんですか？」

空き地を指して問うと、年配の女性は答えた。

「三カ月ぐらい前に、アパートを売って千葉の息子さんのところに引っ越したのよ。奥さんは、あちこち具合が悪かったみたいだから」

「そうだったんですか。ご主人は、五年前に亡くなったんですよね」

「そう。あんな事件もあったし、大変だったと思うわ。そう言えば、近頃また週刊誌の記者がうろうろしてるのよ。刑事さんから注意してくれない？」

年配の女性は勢いよく喋《しゃべ》りだし、時生は相づちを打った。横目で隣を窺うと、南雲は通りに立って空き地を見ていた。

11

一時間ほどで第一の事件の現場を後にして、進藤の事件の捜査に戻った。紫雲大学医学部附属遺伝医学研究所に着いたのは、午後七時過ぎだった。

事前に連絡しておいたので、秘書の秋山は一階の所長室で待っていた。時生は秋山と向かい合ってソファに座った。南雲は昨日来た時と同じように棚の前に行き、本を眺めている。

「進藤さんは、研究に関わるトラブルを抱えていたようです。ご存じなら教えて下さい」

「そう言われても。昨日お話ししたとおり、私は事務的なサポートをしていただけなんです」

困惑した秋山だったが、昨日の様子といい、進藤がトラブルを抱えていたと知っていたのは明らかだ。厄介事に巻き込まれたくないという気持ちが強いのだろう。

「些細《ささい》なことでも構いませんし、ご迷惑はおかけしませんから。こちらでも調べを進めていますが、最近進藤さんが急にスケジュールを変更したり、不審な電話がかかってきたりしたことはありませんか？」

丁寧に、かつ隠してもバレると匂わせて問う。それが伝わったのか、秋山は小さく息をつき、答えた。

「事件と関係があるかわかりませんけど……二週間ぐらい前に届けものがあってこの部屋に入ったら、進藤先生がスマホで通話中だったことがあります。ちゃんとノックをしたんですけど、先生はこちらに背中を向けていたので、気づかなかったんだと思います。私はそっと部屋を出ましたが、先生の声が聞こえて」

「どんな？」

「『ココ』と言っていました。聞こえたのはそれだけで、電話の相手が誰かもわかりません。でも先生にしては珍しく、興奮した様子でした」

「それ、本当？」

そう訊ねたのは、南雲。振り向き、秋山を見ている。うろたえ、秋山は答えた。

「はい。聞き間違いかもしれないし、たぶん事件とは」

「ご心配なく。進藤さんは『ここ』じゃなく、『ココ』と言ったんですね？　心当たりは？」

時生が声をかけると、秋山は顔を前に戻して頷いた。

「ええ、『ココ』でした。心当たりはありません」

「ふうん」

そう呟き、南雲は空《くう》を見てスケッチブックを抱えた。また秋山がうろたえたので、時生は「ありがとうございました」と一礼して立ち上がった。

所長室を出て、サーチュイン遺伝子研究室に移動した。こちらにも事前に連絡をしておいたので、研究員たちは残っていた。しかし真島今日子の姿はなく、鎌田秀道経由で聞いた伝言は、「取材の予定があるから出直して」。時生は絶句したが、南雲は嬉しそうに「いいね。最高」と笑った。

みんなで廊下の奥にある休憩スペースに行った。壁際に飲み物とスナックの自動販売機がいくつか並んでいて、南雲はそれに歩み寄った。時生と研究員たちは白い円テーブルを二つ繋げ、椅子に座った。南雲が自販機で買った飲み物の紙コップを手にやって来たので、時生は質問を始めた。

鎌田と研究員たちによると、エバーグリーンの納谷以外にも進藤の研究内容を批難したり、脅迫めいたことをしたりしていた個人や団体はいたという。しかし他には進藤に関するトラブルは思い当たらず、周りの人たちから尊敬され、慕われていたと話した。

「では、『ココ』という言葉に心当たりはありませんか？」

慎重を期して最後に、時生は問いかけた。円テーブルに着いた研究員たちはきょとんとし、鎌田が答えた。

「わからないですね。進藤先生と関係があるんですか？」

ダメか。キャバクラ嬢の源氏名とか、プライベートの関係者かもな。そう思い、時生は

「捜査中です」とだけ返して話を切り上げようとした。が、鎌田は考え込むように白衣の胸の前で腕を組んだ。

「なんだろう。店の名前かな。人の名前なら外国人、あるいはあだ名か」

「あっ」

短く声を上げたのは、小柄で若い女性研究員。みんなの視線を受け、小柄な女性は「いえ」と俯く。極力穏やかに、時生は訊ねた。

「何か思い出しましたか？ 些細なことでも構いませんので、教えて下さい」

「はあ……真島先生がアメリカの研究所にいた時のあだ名が、『ココ』だったような」

小さな体をさらに縮めて女性は答え、隣の研究員に「だよね？」と振る。こちらも若い女性で、小太りだ。「うん」と頷き、小太りな女性は時生を見た。

「その通りで、本人もよく話してます。それに、真島先生って進藤先生と」

「おい。やめろよ」

別の男性研究員が咎めたが、小太りな女性は言い返した。

「いいじゃない。みんな知ってるんだし……真島先生は、進藤先生と付き合っていたんです。春頃に別れたと聞いていますけど」

よそよそしく尖った口調に、日ごろ真島をどう思っているかが伝わってくる。鎌田や他の研究員たちも気まずそうに俯いたり体を動かしたりしているが、反論はしない。

好き嫌いが分かれるキャラだし、上司と不倫となれば当然か。そう察しながら、時生は「わかりました」とだけ応え、隣を窺った。しかし南雲は無言で顔をしかめ、紙コップを口に運んでいる。と、視線を感じて向かいを見ると、鎌田と目が合った。

「黙っていてすみません。でも、真島先生が自分で話したと思っていたので」

申し訳なさそうに告げ、頭を下げる。顔色は昨日よりさらに青白く、研究と事件の対応に追われているのが推測できた。

さらに話を聞いて研究員たちと別れ、時生は南雲と玄関に向かった。

「このラテ、まずい。一杯百五十円だけど、その中でできる最高の仕事をするのがプロなのに」

廊下を歩きつつ、紙コップを持ち上げて訴える。さっきのしかめ面は、飲み物のせいか。脱力し、時生は返した。

「プロって、相手は機械ですよ……それより、収穫ありですね。署に戻って係長に報告しましょう」

「うん、そうして。僕は行くところがあるから」

南雲は告げ、足を速めた。そして時生が止める間もなく、玄関から外に出て行った。

12

「で？」

話を聞き終えるなり、真島今日子は訊き返した。机の向かいに着いた諸富が答えるより早く、さらに問う。

「確かに、私のイングリッシュネームは『ココ』ですけど。それが何か？」

「ですから亡くなる前、進藤さんは誰かと電話で――」

「電話で話しながら、『ココ』と言ったんでしょ？　で、なぜそれが私だということになるんですか？　英語圏の人が日本語の拗促音《ようそくおん》、つまり小さな『つ』や『よ』を発音するのは難しいんです。だから『キョウコ』も『リョウコ』も『ショウコ』も、みんな『ココ』と呼ばれることは珍しくない。言語学者か文化人類学者に確認してみては？　何なら、紹介しますけど」

淀みなく一気に語り、正面から諸富を見る。薄化粧だが左の耳の脇にリング型のピアスを三つ付け、丈やデザインが左右非対称の黒いシャツとパンツという格好だ。

「ちょっと」

むっとした様子で、諸富の脇に立つ糸居が身を乗り出した。「おい」とそれを静かに制した諸富だが、細い目には苛立ちの色が浮かんでいる。

時生の報告を受け、藤野は真島の聴取を決めた。そして一夜明け、午前八時過ぎに自宅マンションから出て来た真島に任意同行を求め、楠町西署に連れて来た。すぐに取調室で諸富班による聴取が始まり、時生は藤野ほかの刑事たちとそれをマジックミラー越しに見守っている。

気持ちを鎮めるよう軽く首を回し、諸富は前に向き直った。

「では、この件は置いておきましょう。真島さんは進藤さんと不倫関係にあった。それは認めますね？」

「ええ」

真島は即答し、諸富も間を置かずに訊ねた。

「ではなぜ、二日前に小暮刑事と南雲刑事に話さなかったんですか？」

「無関係だからです。私と進藤先生が交際していたのは、去年の九月から今年の三月まで。お互い納得の上で別れて、その後は仕事上の付き合いだけです」

「無関係かどうかは、こちらで判断します。それに『仕事上の付き合いだけ』という割には、三月以降も二人きりで残業をしたり、食事をしたりしていましたよね？」

てきぱきとした、やや高圧的な口調で告げる。取調べの相手に合わせて話し方や表情を変えるのが、諸富のやり方だ。うんざりしたように息をつき、真島は前髪に手をやった。

「だから、それも仕事の範囲内です。研究のイニシアチブを取っていたのは進藤先生と私だし、食事は学会やスポンサーとの打ち合わせの流れです」

「しかし、電話は？　進藤先生のスマートフォンの履歴を確認したところ、この半月ほど、あなたと頻繁に通話していたとわかりました。深夜だったり、一時間以上話し込むこともあった」

「全部研究に関することです。私の研究室は、この秋に論文で大きな研究成果を発表する予定でした。だから私と先生、研究員たちは——そうよ。私だけじゃなく他の研究員も、先生とスマホで話してるはずです」

それは事実だが、諸富は何も返さない。真島が感情的になったのをチャンスと見たのか、攻めに出た。

「真島さん。実は三月以降も、進藤さんと続いていたんじゃないですか？　あるいは、別れはしたが、どちらかが復縁を望んだ。どちらにしろ関係はこじれ、進藤さんは電話で、あなたを秘密のあだ名、『ココ』と呼んだ。それでも決着は付かず、四日前の夜、あなたは研究所のどこかで進藤さんと会った」

「会っていません。四日前の夜、私は三宿《みしゆく》のバーで飲んでいました。小暮さんにそう話したのに、聞いていないんですか？」

真島は眉をひそめ、問い返した。待ち構えていたように、諸富は切り札を切った。

「聞いていますし、バーの店主から確認も取りました。だが、その店主はあなたの今の恋人だ。バーにいたことにして欲しいと頼まれれば、断らないでしょう」

かっ、と真島の頬に赤みが差した。同時に切れ長の大きな目で諸富を睨み、激しい口調で反論と抗議を始めた。その姿を隣室から眺め、藤野は訊ねた。

「バーの店主は、アリバイ工作への協力を認めたのか？」

「いいえ。『真島さんは本当に店で飲んでいた』と主張しています。しかし店に他に人はおらず、防犯カメラも設置されていません」

後ろで刑事の一人が答える。「そうか」と頷き、藤野はさらに訊ねた。

「動機は痴情のもつれか。真島を遺伝医学研究所にスカウトしたのは、進藤さんなんだろ？」

「はい。サーチュイン遺伝子の研究は画期的なぶんライバルも多いので、真島をスター科学者として売り出し、大学やスポンサーの企業からより多くの研究資金を得ようと考えたのでしょう」

「いかにもな話だな。では、スプレー塗料吹きかけ事件のホシも真島か？」

「恐らく。真島も納谷の存在は知っていたはずなので、やつの仕業に見せかけようとしたのかもしれません。真島は女性にしては背が高く、オーバーサイズの服を着れば外見もごまかせるでしょう。しかしフードやサングラスで顔を隠したことで、納谷の犯行ではないと露呈してしまったと考えられます」

藤野は「わかった」と頷いたが、別のもう一人が異議を申し立てた。

「痴情のもつれでそこまでするでしょうか。真島は非合理的なことはしなそうですし、医学の知識も豊富です。進藤さんを殺害するなら、別の手を使うのでは？」

「そういう予想の裏をかいたんじゃないか？　医学の知識を使わなかったのは、使えば真っ先に疑われるとわかっていたからだろう」

納得したようにもう一人が黙り、時生は「すみません」と挙手した。

「南雲さんが言っていた、土下座のシワについては？　新情報などはありませんか？」

すると藤野は「それか」と眉をひそめ、時生を見て答えた。

「ない。それより、お前は南雲を捜せ。スタンドプレーは許さないからな……他の者は、真島を徹底的に洗え。アリバイ崩しも進藤さんとの関係も、とにかく証拠を揃えるんだ」

藤野に命じられ、時生と他の刑事たちは「はい！」と背筋を伸ばした。恐らく藤野も、課長の村崎から南雲の勝手を許すなと言い渡されているのだろう。その南雲は昨夜から連絡が取れず、今朝は出勤さえしていない。お陰で時生は「取調べは相棒と二人で行う」というルールを守れず、真島の聴取を諸富たちに譲る羽目になった。

13

同じ頃、南雲士郎は署にほど近い裏通りにいた。足早に通りを進み、「ぎゃらりー喫茶 ななし洞」と書かれたスタンド看板の前で止まる。店の格子戸を開けたとたん、笑い声が耳に届いた。

「楽しそうだね。なになに？」

問いかけながら、南雲は絵画や陶器などの美術品に囲まれた通路を抜け、奥のカウンターに向かった。

「やっと来た。坊やがお待ちかねだよ」

そう返したのは、カウンターの中に立つ永尾チズ。夏らしい単衣《ひとえ》の青い着物に翡翠《ひすい》の帯留めを付けている。向かいの席に着いた剛田力哉も、麻と思しき素材のスーツ姿だ。振り向き、剛田は「お疲れ様です」と南雲に会釈した。

「さっきまでチズさんとラジオの通販番組を聴いて、突っ込みを入れてたんですよ。今日の商品は一万二千円のミキサーだったんですけど、さんざんアピールした挙げ句、『おまけに、同じものをもう一台！』って。それ、おまけじゃないじゃんって爆笑しちゃって」

身振り手振りを交え、説明する。火が点いていない長い煙管を手に、チズも言った。

「そもそも、ミキサーなんて一家に一台で十分だろ」

「そうそう」と剛田が頷き、二人で声を立てて笑う。剛田は少し前に別の事件絡みで南雲に呼ばれ、初めてななし洞に来た。その時チズと意気投合し、最近では飲み物や食べ物持参で、一人で来店することもあるらしい。

二人を微笑ましく眺めつつ話は「へえ」と聞き流し、南雲は本題を切り出した。

「ゆうべ頼んだことは？」

するると剛田は真顔に戻り、「すみません」と言ってカウンターに載せたバッグに手を伸ばした。チズは店の奥に引っ込み、南雲は手にしたスケッチブックとカフェラテ入りの蓋付き紙コップをカウンターに置いて、剛田の隣に座った。

「リプロマーダーが最初に起こした事件の現場になった、アパートの大家さんですよね。名前は横澤藍子《あいこ》さんで、歳は六十四。確かに三カ月前にアパートを売却して、千葉市にいる息子さんの家に越してますね」

バッグから出した書類を手に、剛田は説明した。それをふんふんと聞き、南雲は訊ねた。

「その息子さんって、事件が起きたとき現場のアパートに住んでた人でしょ？　聞き込みで会ったから、何となく覚えてるよ。確か、太ってメガネをかけた」

「いえ、それは次男の新太《あらた》さん。藍子さんが越したのは長男の優太《ゆうた》さんの家です。優太さんは現在三十七歳で、事件当時は仕事の都合で札幌《さっぽろ》在住でした」

「そう。じゃ、新太さんは？」

何気なく訊くと、剛田もあっさり返した。

「亡くなりました」

「それはお気の毒。何かあったの？」

紙コップに伸ばしかけた手を止め、南雲は問うた。剛田が答える。

「事件発生時、新太さんは二十一歳。職業はフリーターで事件後も同様でしたが、十一年前の一月に病気で亡くなっています。もともと持病があり、それが原因のようです」

「そう」

言われてみれば、新太のあの太り方は贅肉《ぜいにく》が付いているというより、むくんでいる感じだったな。南雲は思い、伏し目がちにぼそぼそと喋る新太の姿が蘇った。

昨日は研究所で時生と別れた後、ある人物のもとに向かった。途中、剛田から「連日本庁の道場に泊まり込みで、お肌がボロボロ」とグチる電話があったので、ついでに横澤家の情報収集を頼んだ。

「小暮さんは元気ですか？」

ふいに剛田が話を変えた。「元気だよ。剛田くんも、一昨日会ったでしょ」と南雲は笑ったが、剛田は「そうなんですけど」と口ごもってから言った。

「庭梅町五丁目の事件の現場に向かう前、僕と井手さんたちは署の廊下で南雲さんたちに会ったでしょ？　あの時、僕が現場の状況を説明したら、小暮さんは『戦争礼賛だ』って言ったんです。覚えてますか？」

「どうだったかな」

「小声だけど、確かに言いました。で、井手さんがそのことを気にしてるんですよ。僕の簡単な説明だけでリプロマーダーが再現した絵を当てたっていうのを、『ダ・ヴィンチ殿ならわかるが、小暮がというのは変だ』って。どう思います？」

顔を覗き込むようにして問われ、南雲は「さあ」と首を傾げた。本当は小暮の「戦争礼賛だ」という呟きは覚えているが、

「小暮くんは勉強家だから」

とだけ返して微笑む。剛田は「はあ」と怪訝そうな顔はしたものの、南雲の胸の内には気づいていない様子だ。

と、ジャケットのポケットでスマホが短く鳴った。取り出して見ると、メールが届いたようだ。発信者は昨日、時生と別れた後に会った人物で、今日もさっきまで一緒にいた。メールにデータが添付されているのを確認し、南雲は呟いた。

「やれやれ。やっと手に入った」

「何がですか？」と訊く剛田に「ちょっとね」と答え、南雲はスマホを操作してデータを開いた。データはあるリストで、表の中に文字と数字が並んでいる。素早く目を通すと、

リストの中ほどに目当てのものを見つけた。

「やっぱりか……美しい」

顔を上げて言った直後、頭の中に進藤善己の遺体と、スーツに寄ったシワ、真島と鎌田、その他の研究員たちの顔とそれぞれの言葉、そして進藤の研究室の光景と、ケージの中できょとんと自分を見返すビーグル犬の姿がフラッシュバックした。そして続けてそこに現れたのは、レオナルド・ダ・ヴィンチのスケッチにある「空気スクリュー」。CG化された空気スクリューが頭の中を横切って消え、南雲の閃きは確信に変わった。

「大丈夫ですか？」

そう訊ねる剛田に「最高だよ」と返し、南雲はスマホを操作して電話をかけた。相手は時生で、すぐに「はい」と出る。

「おはよう。今どこ？」

明るく問うと、時生は切羽詰まった声で答えた。

「それはこっちの台詞です。どうせ、ななし洞にいるんでしょ？　すぐに行きますから」

「いや。二時間後に、今から言う場所で会おう。真島さんも連れて来てね。聴取してるんでしょ？」

「してますよ。だから連れ出すなんて無理です。何を考えてるんですか。二時間後って？」

「だから、考えてることを説明するために二時間必要なんだってば」

そう返した後、南雲は少し考えて告げた。

「じゃ、係長にこう伝えて。『実験は繰り返し行うべきだ。偶然のせいで証明が妨げられたり、間違った証明をしてしまったりするからだ。実験そのものが誤りということもあるし、実験者自身が結果にだまされていることもある』。もちろん、これもレオナルド・ダ・ヴィンチの名言だよ」

たちまち、わくわくしてきた。南雲は小暮に行って欲しい場所を伝え、電話を切った。

14

建物の前に駐車し、時生はセダンを降りた。と、向かいの紫雲大学医学部附属遺伝医学研究所の玄関から、スケッチブックを抱えた南雲が出て来た。

「お疲れ。待ってたよ」

「何を呑気な。一体どういう――南雲さん。姿を消してる間、どこにいたんですか?」

問いかけて相手を眺め、時生はあることに気づいた。南雲はいつもの黒い三つ揃い姿だが、そのあちこちに埃や細かな毛のようなものが付いている。しかし南雲は「まあまあ」と笑い、時生の後ろに目をやった。そこにもセダンが停まり、諸富と糸居、真島が降りている。

「あれ。諸富さんたちも来たの？　真島さんの付き添い？」

「なに言ってるんですか。諸富さんが係長を説得してくれたから、真島さんを連れて来られたんですよ」

「あ、そう。じゃ、お礼を言わなきゃね」

他人事のように言い、南雲は諸富に微笑みかけた。それを細い目で見返し、諸富は応えた。

「これも『ダ・ヴィンチ流』なんでしょう？　なら、見届けさせてもらいます。ただし、貸し一《いち》ですよ」

「責任重大だ」

おどけて身をすくめた後、南雲は諸富と糸居に挟まれて立つ真島に目を向けた。

「また会えましたね」

「どうも。何が始まるのかしら？　取りあえず、ラボに行かせて下さい。スケジュールがめちゃくちゃだわ」

顔をしかめて告げ、真島は玄関に向かう。それを糸居が「おい！」と追いかけ、南雲も、「どうぞどうぞ。そのつもりで、お待ちしてました」と告げて後に続いた。訳がわからないまま時生も倣い、諸富も歩きだした。

五人でロビーを抜け、一階の廊下を進んだ。研究室の前まで行き、南雲がインターフォンのボタンを押すと鎌田がドアを開けた。南雲を先頭に室内を進んだが、一昨日来た時には大勢いた研究員たちの姿がない。怪訝に思いながらさらに進むと、奥のサーチュイン遺伝子研究室のスペースには、研究員たちが顔を揃えていた。

「僕がお願いして、他のラボの人には席を外してもらったんだよ」

そう説明し、南雲は研究員たちを見た。みんな戸惑ったような顔で、机の前の椅子に座っている。その脇を抜け、真島は奥の自分の机に歩み寄った。諸富と糸居も続く。真島が「頼んでおいた細胞播種《はしゅ》は?」と問うと、時生たちの後ろにいた鎌田が「はい」と応え、奥の机に向かった。

「みなさんお忙しいみたいだし、本題に入りましょう。まず、これを見て。進藤さんの遺体のスーツに寄っていたシワです」

南雲は言い、スケッチブックを開いて中に挟んでいた数枚の写真を掴んで掲げた。それを研究員たちと諸富たちが見て、時生も脇から覗いた。言葉通り写真には、進藤の遺体の腕と腋、股関節と膝部分とそこに寄ったシワが写っている。驚き、時生は止めようとしたが、諸富に「続けさせろ」と言うような眼差しを向けられた。

それから南雲は、二日前の捜査会議でしたのと同じようにシワのメカニズムを解説し、殺される前、進藤は長時間にわたって土下座の姿勢を取っていたと告げた。

「進藤さんは土下座をしても許されず、殺されるような事情を抱えていたんでしょう。そして犯人は犯行後、エバーグリーンの納谷の仕業に見せかけて防犯カメラをスプレー塗料で潰し、ガードマンが来るまでの十五分間で、遺体を所長室から建物の裏に運んだ」

続けてそう語り、南雲は写真をスケッチブックに戻した。と、向かいで声がした。

「なら、犯人は私じゃなく、男性よ。私と進藤先生の体重差は、約三十キロ。十五分で所長室から建物の裏まで遺体を運ぶのは、論理的に不可能だもの」

声の主は真島だ。自分の机に着き、その前に立つ鎌田ともどもこちらを見ている。それを笑って見返し、南雲は応えた。

「出た、ザ・理系。オチを最初に言っちゃうところが、いかにも……でも、ごもっとも。あなたは潔白だ。犯人は、真島さんとは別の意味で進藤さんと親密だった男性です」

「真島さんとは別の意味で」をやや強調して言い、真島は視線を横に滑らせた。そこには鎌田。他のみんなにも目を向けられ、鎌田は驚いたように何か言おうとした。それより早く、南雲が問う。

「鎌田さん。このところ、いつにも増して忙しそうですね。服は着替えても、靴を履き替える余裕はなかった？　その靴は、事件が起きた四日前と同じものでしょ。違う？」

「違いませんけど、それが——」

「僕ね、進藤さんの土下座のシワに気づいて以来、他の人の服や持ち物のシワも気になるようになっちゃったんですよ。で、その革靴。相当履き込んでるようだけど、左足のつま先のシワは最近寄ったものだ」

朗らかに語りつつ、鎌田の足元を指す。つられて時生が目を向けると、それは確かに昨日、一昨日と鎌田に会った時にも履いていた薄茶色の革靴だ。スリッポンというのか、飾りや革の切り替えのないシンプルなつくりで、両足の甲の部分に深く大きな横ジワが二本寄っている。加えて、なぜか左足だけ、先端から三、四センチ下に横ジワが一本寄ってい た。甲の部分のシワにある黒ずみや褪色がないので、南雲の言うとおり、つま先のシワは最近できたものだろう。

「革のビジネスシューズは精巧で、底《ソール》だけでも十近いパーツでできています。とくにジョン・ロブ、オールデンといった一流ブランドの革靴は、芸術品ともいえる――それはさておき、ほとんどの革靴は、つま先の内側に靴を保護し、美しく見せるための先芯《さきしん》が入っています。先芯の多くは樹脂を含ませた織布《しょくふ》でできていて、とても丈夫です。ではなぜ、鎌田さんの靴のつま先にシワが寄ったのか?」

南雲が問いかけたが、返事はない。鎌田を含めた研究員たちは唖然とし、諸富は胸の前で腕を組み、じっと南雲を見ている。それを確認し、南雲は話を続けた。

「まず考えられるのは、サイズが大きすぎる。でも、見たところ鎌田さんの靴は足にぴったり合っています。なら、理由は一つ。つま先にシワが寄るような姿勢を取り続けたからです。たとえば、こんな風に」

言うが早いか、南雲は「持ってて」と時生にスケッチブックを押しつけた。続けて右足を前に出して左足を後ろに引き、両膝を曲げて腰を落とす。

「で、こうする」

そう続け、南雲は前屈みになって両腕を床に伸ばした。そして両手で床の上の何かを摑み、手前に引っ張るようにしながら左足、右足の順に後ずさりをした。

「男性でも、大柄な進藤さんを背負うのは難しい。だからこんな風に床に倒れた状態の腕を摑み、引きずって運んだんでしょう。それでも重労働で、特に踏ん張りを利かせる左足には相当な負荷がかかったはず」

説明しながら、南雲は腕を前に伸ばして後ずさりを続けた。南雲も革のビジネスシューズを履いているが、色は黒で見るからに高そうだ。時生が覗き込むと、その左足は踵が床から浮き、つま先は内側に曲がって深く大きな横ジワが寄っていた。

「鎌田さんの靴とほぼ同じ位置に、シワが寄ってます」

顔を上げ、時生は向かいに報告した。諸富は無言無表情。だが糸居と真島、研究員たちは驚いた顔になる。と、鎌田が言った。

「それは仮説ですか？　だとしても、矛盾点が多すぎます。第一に、左足のつま先にシワが寄る姿勢は他にもある。第二に、進藤先生のスーツのシワも土下座で寄ったとは断言できない。そして重要なのは、僕には進藤先生を殺す動機がありません」

落ち着いてはいるが、眼差しと口調に怒りが滲んでいる。しかし南雲は「いいね」と目を輝かせ、こう返した。

「言い回しが論文っぽくて、ぐっとくる……御説《おせつ》ごもっともだけど、大事なことを忘れてますよ。つまり――」

「進藤先生の『土下座をしても許されず、撲殺されるような事情』？　それが鎌田くんが先生を殺す動機なんでしょ」

そう告げたのは真島。南雲は「またオチを盗《と》ったね？」と笑い、鎌田は憤慨するように「真島さん！」と呼ぶ。しかし真島は「わかってる。面倒だから、聞くだけ聞きましょ」と鎌田をなだめ、南雲は話を再開した。

「真島さんの言う通り、進藤さんには事情があった。それが鎌田さんの犯行動機で、この事件のカギです……時間もないし、僕も先にオチを言っちゃおうかな」

最後は独り言のように呟き、南雲は歩きだした。真島の机の脇を抜けて「失礼」と諸富をどかせ、壁際の長机の前に行く。その上には一昨日来た時同様、マウス入りのケージが並んだ棚と、黒い布がかけられたケージが置かれていた。南雲は腕を伸ばし、黒い布を剝がした。露わになったケージの中には、ビーグル犬のハナが座っている。

「やあ。一昨日はごめんね。改めて挨拶させて」

南雲は身をかがめて話しかけたが、ハナは無反応。南雲の意図が読めず時生は戸惑い、他のみんなも訝《いぶか》しげに黒いジャケットに包まれた背中を見ている。すると、南雲は言った。

「こんにちは……ココちゃん」

わん！　と大きく力強い声が響き、南雲を除く全員がぎょっとする。とっさに体が動き、時生は南雲の隣に行った。

「違うでしょう。この子はハナちゃんですよ」

「と、思うよね？　でも、違うんだ。ね、ココちゃん」

わん！　とまたハナが鳴く。見ればハナは立ち上がり、細長く先の白い尻尾をぶんぶんと振っている。その姿を見たとたん、時生の頭の中で回路のようなものが繋がった。ハナと南雲を交互に見ながら、問う。

「じゃあ、進藤さんの電話の『ココ』はこの犬？　でも、真島さんはハナと言っていましたよ……僕らに違う名前を教えたんですか？」

最後は振り向いて問うと、真島は立ち上がって首を横に振った。

「そんなことしません。その子はココじゃなく、ハナです。でしょ？」

問いかけられ、研究員たちが一斉に頷く。そんな中、鎌田だけが顔を背けたのを時生は見逃さなかった。南雲が言う。

「ココちゃんは、関西の研究施設にいました。で、さっきその研究施設の責任者に電話で話を聞いたら、二カ月前に進藤さんから連絡があって、『最近きみのところで飼い始めた実験動物のビーグル犬を、うちに譲って欲しい』と頼まれたって」

「そんなこと、聞いてないわよ」

真島が声を張り上げ、南雲は「当然です」と頷く。

「進藤さんは秘密裡に、とくにあなたには知られないように、実験用動物を替えたんです。ハナちゃんと同じ犬種でメス、歳や見た目も近い子を探してね。別の研究施設の責任者はむかし進藤さんに世話になったから、断れなかったんだって」

「ウソよ。研究は順調で、ハナの治験データにも反映されていました」

「あっそう……小暮くん、出番だよ」

急に声のトーンを落とし、南雲は告げた。「はい⁉」と思わず声を上げてから口を押さえ、時生は隣に囁きかけた。

「何で僕に振るんですか。ここからがオチでしょう」

「いや。僕のオチはハナちゃんがココちゃんだった、ってところまで。何しろ、二時間しかなかったからね」

しれっと返され、時生は呆然となる。が、みんなの視線に気づき、頭の中の回路を必死に働かせた。すると、一つの記憶が蘇った。二時間ちょっと前に電話で南雲に言われた、レオナルド・ダ・ヴィンチの名言。その最後のフレーズ、「実験そのものが誤りということもあるし、実験者自身が結果にだまされていることもある」だ。

南雲さんが言いたかったのは……。はっとして本人に確認しようとした矢先、別の記憶が蘇った。今度は映像で、所長室の壁にかけてあった進藤の白衣。鎌田や他の研究員のそれとは違い、真っ白で糊《のり》が効き、シワやシミは皆無だった。

よし。確信を得て、時生は前に向き直った。

「研究は順調で、治験データにも反映。それこそが進藤さんの目的だったんでしょう。つまり、本当は実験は上手くいっておらず、実験動物のビーグル犬も、一見元気そうでも体調不良だったということです。でもそれが明らかになると、大学やスポンサーから資金援助を打ち切られ、自分の立場も危うくなる。だから進藤さんはビーグル犬を健康な個体と替えた上で不正に操作した治験を行い、良好な結果が得られるようにしたんです」

とたんに研究員たちはどよめき、周りの者と顔を見合わせた。それにかぶせるように、真島が言う。

「あり得ない。研究が上手くいっていなかったのなら、先生は私にそう話したはずです」

「研究者、あるいは男としてのプライドで話せなかったのでは？　だからあなたや他の研究員に気づかれず、密かに事を進められる者を頼った。それが鎌田さんです」

そう告げて時生は鎌田を見て、鎌田もはっとして顔を前に向けた。

「所長としての仕事に追われ、白衣に袖を通すヒマもない進藤さん、さらにマスコミ対応で落ち着かない真島さんに代わり、ラボを仕切っていたのは鎌田さんだったんじゃないですか？　だから進藤さんはあなたにデータの改ざんを依頼し、あなたは従った。ところがトラブルが生じ、四日前の夜、あなたは所長室で進藤さんと会った。話はこじれ、進藤さんは土下座をしたが、あなたは部屋にあった置き時計で進藤さんの頭を殴って殺害した。トラブルの原因はお金かポスト。改ざんと引き換えに、進藤さんから提示されていたんでしょう？」

最後は敢えて煽るような口調で問いかける。が、鎌田は毅然《きぜん》と返した。

「僕は医師免許を持っています。お金やポストで気持ちが揺らぐなら、とっくに研究員をやめていますよ」

「そりゃそうだ」

そう言って頷いたのは、南雲。いつの間にかケージから前に向き直り、時生たちのやり取りを聞いている。どっちの味方なんだよ。横目で隣を睨み、時生は頭を切り替えた。相手は理系、情《じょう》より理屈だ。

「研究結果の改ざんは、調べればわかります。それに、あなたと進藤さんの靴に付着した微物、廊下に残された潜在足跡《せんざいそくせき》、つまり目に見えない足跡を分析すれば、あなたの犯行の証拠が必ず見つかる。科学者なら、日本の警察の鑑識がいかに優秀かご存じでしょう」

できる限り論理的、かつ厳しく告げると、鎌田はぐっと黙った。すかさず、諸富が言う。

「後は署で聞く……鎌田秀道さん、ご同行願います」

丁寧だが有無を言わさぬ口調で告げ、糸居とともに鎌田に歩み寄る。口を引き結んで俯いた鎌田だったが、抵抗せずに従い、諸富たちと通路に向かった。その背中に、真島が「鎌田くん」と呼びかけた。

「大丈夫よ。私は非論理的な仮説は一切信じないから。それに、進藤先生を心から尊敬していたあなたが、そんな愚行に及ぶはずがない」

すると鎌田はぴたりと足を止め、振り返った。

「愚行ですか……尊敬していたからこそ、許せなかった。あなたには理解できないでしょうね」

その冷ややかな声と眼差しに、真島は絶句する。

「『もう無理です』と泣きついた僕に進藤先生は、土下座をして改ざんを続けさせようとした。『やめて下さい』と何度も頼んだのに、頭を上げてくれなかった……あんなの、先生じゃない。僕が憧れた進藤先生は、もうどこにもいないんだ」

最後は吐き出すように言い、鎌田は通路を歩きだした。真島はその場に立ち尽くし、他の研究員たちも動かなかった。

諸富たちが、鎌田を楠町西署に連れて行った。このあと鎌田の机やパソコン、私物などの押収と鑑識作業が行われるため、時生と南雲は研究所に残った。呆然としていた真島だったが、すぐに落ち着きを取り戻し、他の研究員たちに声をかけたり、どこかに電話をしたりしている。通路に立ってそれを見守りながら、時生は隣に問うた。

「姿を消している間、南雲さんがどうしていたかわかりましたよ。納谷峰幸に会っていたんでしょう？　聴取した時、『都内のどの研究施設でどんな実験用動物が飼われているか、すべて把握している』って言ってましたから」

「大変だったよ。納谷の釈放の手続きをして、一緒にあの家に帰って。実験動物のリストをもらおうとしたんだけど、昨日今日と延々話を聞かされた上、猫の世話までさせられた。苦労の甲斐あって、もらったリストには、進藤さんが関西の研究施設から実験動物のビーグル犬を譲り受けたと記載されてたけどね。納谷の情報収集力はすごいよ。本人にも『その能力を正しく使えば、動物たちを救えるよ』ってアドバイスしたけど」

そう語り、南雲は時生がさっき返したスケッチブックを胸に抱いた。

「ああ、それで服に猫の毛が付いたんですね。しかし、進藤さんの電話の『ココ』と犬の名前がよく結びつきましたね」

「犬のことをいろいろ調べたって言ったでしょ？　名付けランキングも調べたんだけど、ココは毎年上位に入ってるんだよ。ちなみに『はな』も人気」

「それならそうと、何で——言っておきますけど、このあと絶対、藤野係長に叱られますよ。『創作、つまり捜査の過程は公にしない主義』なんて理屈は通用しませんからね」

時生は真顔で告げたが南雲は笑い、返した。

「そうかなあ。ああ見えて係長、実は芸術的な感性が……まあ、今回の事件、僕のシワに関する知識と、動物に好かれるっていう特技が間違いじゃないって証明したかっただけだから。いくら人なつこい子でも、他の名前で呼ばれたら応えないよね」

時生は「それ、死んでも係長に言っちゃダメですよ」と言い渡したものの、南雲は「ココちゃんに挨拶してくるよ。捜査が終わったら信用できる人に引き取ってもらえるように、算段を付けたんだ。もちろん、別の研究施設にいるらしいハナちゃんも一緒にね」と言って奥に歩いて行った。時生も付いて行く。

今後の捜査に備えてなのか、研究員たちは棚からファイルを出したり、データを印刷したりしている。そんな中、机に着いた真島は誰かとの通話を終え、スマホを下ろした。これまでとは別人のように青ざめて切羽詰まった顔に、時生が声をかけようとした矢先、真島がこちらを向いた。自分の机の脇を抜けようとしている南雲に言う。

「ひょっとして、初めから犯人に気づいてた？」

足を止め、南雲は肩をすくめた。

「どうかな。でも、真島さんが犯人じゃないのはわかってましたよ。良くも悪くも、あなたにとって一番大事なのは自分。殺意を抱くほど、他人に執着は持てない」

その迷いのない言葉に、時生はなるほどと納得してしまう。が、無言で南雲を見返している真島に気づき、焦りが湧く。時生がフォローを入れようとした時、真島は返した。

「異論はあるし、大いにディスカッションしたいところだけど、またの機会ね」

「うん。お話しできてよかった。これから大変だろうけど、がんばって下さい。レオナルド・ダ・ヴィンチも、こう言ってるから。『いかなる障害も、私を妨げることはできない。あらゆる障害は――』」

「『あらゆる障害は、必死に取り組むことで打破される』……でしょ?」

いたずらっぽく笑い、真島が問う。「またオチを盗られた」と南雲も笑い、答えた。

「あなたなら、やり遂げられますよ。ダ・ヴィンチ好きは、基本的にしぶとい」

「それはあなただけでしょ」

真島が突っ込み、同じことが頭に浮かんでいた時生も「その通り」と頷く。すると南雲は「ひどいなあ」と、いかにも楽しそうに笑った。

15

足を止め、時生は耳を澄ました。気のせいかと思ったが、行き交う車の音に交じり、かすかに虫の音《ね》が聞こえる。

もう秋だな。心の中で呟いて目を開き、時生は歩きだした。九月に入り、朝晩は涼しくなってきた。時刻は正午過ぎだ。

通りを進み、門から楠町西署の敷地に入った。前方の玄関からは市民に交じり、昼休みで外出する署員たちの姿もある。その中に知った顔を見つけ、時生は声をかけた。

「諸富さん。おはようございます」

歩み寄って会釈すると諸富は「おう」と応え、足を止めた。地味なスーツ姿で、手ぶらだ。

「鎌田秀道を検察に送ったと聞きました。お疲れ様でした」

背筋を伸ばし、時生は再度頭を下げた。顔をしかめ、諸富が言う。

「勾留期限ギリギリだけどな。まったく、手こずらされたよ……それでこんなに早く来たのか？　小暮は今日は夜勤だろ？」

「ええ。気になって」

「お前の事件《ヤマ》だからな。で、相棒は？」

「まだ寝てると思います。南雲さんは、解決した事件には興味がないので」

ため息交じりに時生が答えると、諸富は「だろうな」と笑った。細い目がさらに細くなる。

研究所でのやり取りの後、署で任意の聴取を受けた鎌田は犯行を認めた。

時生の予想通り、事件の夜の午後九時頃、鎌田は「これ以上、データの改ざんは続けられない」と伝えに所長室に行った。すると進藤善己は土下座をし、「頼むから続けてくれ」と懇願した。その姿に耐えきれなくなった鎌田は、棚の上にあったクリスタル製の置き時計で進藤の後頭部を殴打。進藤の死亡を確認し、置き時計を持って防犯カメラの死角から研究所を出た鎌田だったが、しでかしたことの重大さに気づき、強い焦りにかられる。

そこで進藤を敵視していた納谷峰幸の仕業にしようと謀《はか》り、パーカーやマスクで変装し、スプレー塗料も用意して研究所に戻り、塀をよじ登って敷地に侵入した。その場所にガードマンたちを引きつけてから研究所に向かい、スプレー塗料を吹きかけて防犯カメラを潰しながら所内を進み、再度所長室に行った。進藤の遺体は土下座をしたままだったが、死後硬直が始まる前だったので引きずって運ぶことができ、建物の裏に棄てたという。

しかし鎌田は、研究所の休憩スペースで話を聞いた時の時生たちの様子から、納谷は容疑者から外れたらしいと気づく。再び焦りにかられた鎌田だったが、時生に「ココ」について訊かれ、それが事件前、自分と口論した際に進藤が口にした犬の名前だと察した。同時に真島のイングリッシュネームと、彼女と進藤のかつての不倫関係も思い出し、研究室の仲間たちの証言を誘導。真島に疑いの目が向くようにしたのだ。

だが、ここからが大変だった。鎌田は取調べをする刑事の質問が論理的でなかったり、事実関係の確認に少しでも齟齬《そご》があると指摘し、さらに作成された供述調書にも事細かに突っ込みを入れ、納得するまで署名押印しなかった。

そんなこんなで、鎌田の身柄を検察庁に送致するのが、二十三日間の被疑者の最長勾留期限直前になってしまったという訳だ。ちなみに、犯人を突き止めたにもかかわらず南雲と時生が鎌田の取調べをさせてもらえなかったのは、南雲の単独捜査に対する藤野からのペナルティだ。

「でも、あの時どうして聴取中の真島さんを連れ出すのに協力してくれたんですか？」

ふと思いつき、時生は訊ねた。「ああ」と頷き、諸富は言った。

「正直、俺は南雲さんをよく思っていなかった。いきなりやって来たと思ったら、ルールを無視してやりたい放題。何がダ・ヴィンチ刑事だ、結果を出せばそれでいいのか？　ってな」

「わかります。まったく同感です」

時生はここぞとばかりに首を縦に振った。が、諸富は真顔になってこう続けた。

「だが、一緒に捜査してわかったんだ。あの人、意外と男気《おとこぎ》があるぞ」

「どこに？　『銃器に詳しいところ』とか言わないで下さいよ」

信じられず、ついタメ口で訊き返してしまう。「言わないよ」と苦笑し、諸富は答えた。

「スタンドプレーの単独捜査のように見えて、ちゃんと相棒に花を持たせているだろう。研究室で事件の謎解きをした時、オチはお前に言わせた」

「いや。あれは、自分の興味のあることしかしないからで」

訴えようとした時生を遮り、諸富はさらに言った。

「あとは納谷を聴取した時、『僕の仲間にゴミを投げつけたでしょ?』と言っただろ?あの『僕の仲間』って言葉、妙に嬉しかったんだよなあ」

最後は胸の前で腕を組み、細い目で遠くを見る。その横顔を見て「はあ」と返した時生だったが、釈然としない。

なんだ、それ。クールな皮肉屋だと思ってたけど、この人、結構ピュア、ていうかチョロいな。しかし、剛田くん、井手さんに続いて、諸富さんまで懐柔《かいじゅう》されるとは。南雲さんみたいのを、「人たらし」っていうのか?

ぐるぐると考えていると、ジャケットのポケットでスマホが鳴った。取り出して画面を見ると、自宅の固定電話からだ。怪訝に思いつつ、時生は「もしもし?」と応えた。

「パパ!」

返って来たのは、長男・有人の声だった。切羽詰まって、明らかに泣いている。今日は土曜日で、学校は休みだ。時生は驚き、「すみません」と断って諸富と別れた。通路の端に移動し、改めて訊ねる。

「どうした? 何かあったの?」

「どうしよう。お姉ちゃんが」

そこまで言った有人だが、しゃくり上げてしまって後が続かない。どきりと胸が鳴り、時生の頭に長女・波瑠の顔が浮かぶ。スマホを構え直し、時生は言った。

「有人。仁美おばちゃんは？　近くにいるなら、代わって」

「いないよ。俺、どうしたらいいの？」

震える声ですがりつくように問われ、時生の緊張に焦りが加わる。

「いま一人？　家の中はいつも通りで、痛かったり苦しかったりはしないね？　なら大丈夫だ。ゆっくりでいいから、何があったか話してごらん」

優しく諭すと、有人は少し落ち着きを取り戻し、話し始めた。それを聞きながら、時生の緊張はさらに増し、鼓動も速まっていった。

第三話

衝撃 Be Shocked

1

話を聞き終え、時生は有人をなだめて電話を切った。続けて姉の仁美のスマホに電話をかけたが、すぐ留守電メッセージに切り替わった。焦りと苛立ちを覚えながら、足早に二階の刑事課に向かった。近くにいた刑事に事情を伝えて署のセダンのキーを借り、一階に戻って駐車場に行く。セダンに乗り込み、通りを走りだして間もなく、赤信号に捕まった。

何がどうなってるんだよ。セダンを停め、心の中で呟くと焦りと苛立ちが増した。スマホを出して仁美に電話をかけ直したい衝動を堪え、前方の信号に目を向けた。とたんに、

「どこに行くの？」

と、頭の後ろで声がした。驚きのあまり「うわっ！」と叫んで体を揺らし、時生は振り返った。後部座席に南雲が座り、運転席のヘッドレストの脇から顔を出している。

「な、南雲さん⁉　何やってるんですか」

心臓がバクバクいうのを感じながら問い返すと、南雲は傍らに置いたスケッチブックを引き寄せ、こう答えた。

「夏の間、早めに来て車の中で寝てたらクセになっちゃって。地域課のパトカー、交通課の事故処理車、警備課の大型輸送車と試したけど、やっぱり刑事課の車が一番だね。落ち着くし、熟睡度もピカイチ」

「『ピカイチ』じゃありませんよ！　事故処理車に大型輸送車って、どうやって？　そもそも、この車のキーは？」

取り乱しながらも問いかけたが、南雲は寝グセの付いた髪を直しながら「ないしょ」と答えた。当然納得できなかったが状況を思い出し、時生は告げた。

「降りて下さい。私用で行くところがあるんです」

「何それ。面白そうだし、付き合うよ」

「結構です。遊びに行くんじゃないんですよ」

きっぱりと返し、時生はセダンを通りの端に寄せようとした。が、南雲は、

「まあまあ、そう言わないで」

と笑い、「あ、信号が変わったよ」と前方を指した。つられた時生が視線を前に戻すと、確かに青信号だ。理不尽さに「ああもう！」と声を上げながらも南雲に「シートベルト！」と指示し、セダンを出す。

その後も時生は降車して欲しいと告げたが南雲に受け流され、言い合っているうちに目的地に着いた。楠町西署から二キロほど離れた繁華街だ。通りの端にセダンを停め、目当

てのビルに向かった。気が焦り、後を付いて来る南雲に構う余裕はない。

エレベーターを二階で降り、向かいの木製のドアに歩み寄った。ドアの脇には白地に茶色で「CAFE CARAWAY《キャラウェイ》」と描かれたスタンド看板が置かれ、その上に「本日貸し切り」と貼り紙がある。時生はドアを開け、店内に入った。

天井が高く、通りに面した壁はガラス張りだ。広いフロアはがらんとして、壁際にはレコードプレーヤーが二台とヘッドフォン、たくさんのつまみが付いた四角い機械などが載ったDJブースがある。奥にはテーブルと椅子が置かれ、明らかに十代の男女と、その親と思しき三十代から四十代の男女が座っていた。そして、それを取り囲むように立っているのは、楠町西署生活安全課の捜査員。その肩越しに目当ての顔を見つけ、時生は、

「波瑠！」

と呼びかけて足を速めた。テーブルの一つに着いた波瑠と、その隣の仁美がはっとして振り向く。二人とも青ざめた顔をしている。と、捜査員の一人が歩み寄って来た。

「どうしました？」

怪訝そうに訊ねたのは、時生の顔見知りの落合広夢《おちあいひろむ》巡査部長。楠町西署の生活安全課はストーカー犯罪やDV、児童虐待、少年犯罪、風俗営業の捜査や取り締まりを行う防犯少年係と、詐欺犯罪や経済犯罪、わいせつ事件などを担当する経済保安係に分かれており、落合は防犯少年係の所属だ。

「娘がいるんだよ」

時生がテーブルを指して答えると、落合は「えっ⁉」と目を見開いた。生え際が後退しているので老けて見えるが、三十歳になったばかりだ。落合は驚いた顔のまま時生の後ろの南雲に会釈し、南雲は朗らかに「やあ」と返す。

「何があったの？ 息子から連絡があって飛んで来たんだけど、要領を得なくて」

落合とテーブルを見ながら、早口で訊ねる。仁美は何か言いたげな顔でこちらを見ているが、波瑠は不機嫌そうに顔を背けてしまった。「そうだったんですか」と頷き、落合は潜めた声でこう説明した。

「ここは普段はカフェとして営業しているんですが、今日は貸し切りでＤＪイベントが開かれていたそうです。主催は子どもの教育支援をしている大学生のサークルで、クラブに出入りできない中高生に音楽やダンスを楽しんでもらうのが目的だったとか。実際にアルコール類や煙草の提供はなく、店内も明るくしたまま。時間も、午前十時から午後二時までの予定だったそうです」

見れば、確かにガラス張りの壁からは陽がさんさんと差し込み、テーブルの上に並んでいるのもジュースやケーキ、スナック菓子だ。と、南雲が隣に進み出て来た。

「いいアイデアだね。音楽やダンスは素晴らしいアートだし、都内のクラブにも、十八歳以下の子を対象にしたイベントをやってるところがあるそうだよ。夕方には終わるから、デイイベントって呼ばれてるんだって」

南雲はぺらぺらと語り、落合は「らしいですね」と返す。一方時生は苛立ち、「で？」と落合に話の先を促した。今日は有人だけでなく波瑠も学校が休みだとは知っていたが、どこで何をするかまでは聞いていなかった。

「イベントが始まって約四十分後、スタッフの十九歳の男性が倒れて救急搬送されたんです。搬送先の病院が薬物検査を行ったところ、男性の尿からＭＤＭＡの成分が——」

「ＭＤＭＡ⁉」

つい声を上げてしまい、時生は落合に「ごめん」と謝った。また前を見たが、波瑠は顔を背けたままだ。

ＭＤＭＡはメチレンジオキシメタンフェタミンの略で、「エクスタシー」とも呼ばれる合成麻薬だ。摂取すると幸福感や興奮が高まる反面、常用すると精神錯乱や記憶障害を引き起こし、最悪死に至ることもある。違法薬物に指定されているが、カラフルで表面に絵などが入ったサプリメント風の錠剤に加工されていること、一錠あたりの末端価格が三千円から五千円と比較的安価なことから、若者を中心に広がっている。

「ええ。それで楠町西署生活安全課に連絡があって急行したんです。イベントの参加者とスタッフに話を聞き、未成年者は保護者に連絡しました」

そういうことか。合点はいったが、気持ちは落ち着かない。見れば、奥の壁際にはスタッフらしき、首からＩＤカードを下げた大学生風の若者が五、六名いる。とっさに怒りを覚えた時生だが、頭を冷やせ、俺は参加者の保護者であると同時に警察官だ、と自分に言い聞かせる。すると、落合は言いにくそうにこう続けた。

「聴取はじきに終わりますが、このあと全員に薬物検査を受けてもらうことになります」

薬物検査。僕の娘が。頭が真っ白になり、時生は波瑠の横顔を見つめた。と、前方で声が上がった。

「ちょっと！　それ食べないで」

捜査員の一人が険しい顔でテーブルの脇に立ち、その横にはいつの間に移動したのか、南雲がいた。脇の下にスケッチブックを挟み、片手にドーナツ、片手にジュースらしき液体の入ったグラスを持っているので、テーブルの上のものをつまみ食いしたのだろう。呆然とそれを見ていた時生だが我に返り、落合の脇を抜けてテーブルに歩み寄った。「やめて下さい」と南雲を注意してから、波瑠たちのもとに向かう。

テーブルではイベント参加者たちが親に付き添われ、捜査員の聴取を受けていた。みんな、めかし込んではいるがごく普通の子ばかりで、中には涙ぐんでいる子や、親が感情的になって捜査員になだめられているテーブルもある。波瑠は既に聴取が済んだらしく、端のテーブルに着いていた。ミニ丈のワンピースに厚底スニーカーという格好で、隣の仁美は上はいつものスウェット、下はジーンズ姿だ。テーブルの脇に立ち、時生は言った。

「何やってるんだよ。姉ちゃん、イベントのことを知ってて波瑠を行かせたの？」

「うん。過去のイベントの動画を見たけど問題なさそうだし、会費もお小遣いから出すっていうから、いいかなあって」

「よくないだろ。こんなことになってるじゃないか。何より、僕は聞いてない」

口調がきつくなるのを自分でも感じつつ返すと、波瑠が時生を見た。

「私がパパには言わないでって頼んだの。だって、絶対ダメって言うじゃん」

「当たり前だろ。お前、こういうイベントに来るのは初めてじゃないのか？　誰に誘われたんだ？　変なものを渡されたり、飲まされたりは――」

「やめてよ！　何も知らないクセに。これは何かの間違いなの。龍磨《りょうま》くんも律《りつ》くんも、悪いことなんかしてない」

その尖った目と知らない名前に面食らい、時生が黙る。と、仁美が言った。

「龍磨くんっていうのが、倒れちゃったスタッフなんだって。律くんはこのイベントを主催したサークルのリーダーで、咲良ちゃんのお兄さん」

住吉《すみよし》咲良は波瑠の中学校の同級生で、時生も面識がある。改めてテーブルを眺めると、反対側の端の一台に咲良の姿があった。長い髪をおさげの三つ編みにして、女性捜査員の聴取を受けている。その隣には白いシャツを着た細身の男がいるが、父親にしては若すぎる。あいつが律かと時生が目をこらそうとした矢先、また仁美が言った。

「私もさっき聞いたんだけど、波瑠は春頃から律くんたちのサークルに参加してたみたい。ほら、夏に波瑠が塾から車で送ってもらったことがあったでしょ？　あの時の『友だちのお兄ちゃん』が律くんで、車は龍磨くんのだったんだって」

「ああ」と頷いた時生だが、すぐに偶然目撃したその車が車高を低く改造し、重低音の音楽を響かせていたこと、さらに龍磨の薬物検査の結果を思い出し、胸がざわつく。再び波瑠たちに質問しようとしてやめ、ジャケットのポケットからスマホを出した。

「署に連絡して、当番を誰かに代わってもらう。検査が終わったら家に帰ろう。聞きたいことが山ほどある」

スマホを操作しながら告げると、波瑠は「え～っ！」と声を上げた。

「『え～っ』じゃない。有人だって心配してるんだぞ……姉ちゃん。有人にちゃんと説明しないでここに来ただろ？　あいつ、パニックを起こして僕に連絡してきたよ」

「ごめん。急に電話があって、私も何が何だかわからなくて。香里奈と絵理奈をお隣に預けるのが精一杯だったの」

そう説明し、仁美はうなだれた。一方の波瑠はふて腐れて口を尖らせ、それを時生が注意しようとした時、南雲がやって来た。

「僕は帰るよ。取り込み中みたいだから」

「だから言ったじゃないですか」

呆れつつ返してから波瑠たちの視線に気づき、南雲を指して紹介する。

「一緒に仕事をしてる、南雲士郎さん……娘の波瑠と、姉の仁美です」

「どうも。お世話になってます」

仁美がぼそぼそと挨拶し、波瑠は無言で申し訳程度に頭を下げる。二人を笑顔で見返し、南雲は言った。

「こちらこそ。三人とも、奥二重の目で耳が立派。小暮家の血筋ですね」

とたんに波瑠は顔をさらに険しくし、「トイレ!」と言って席を立った。ずんずんと通路をドア方向に進み、仁美が慌てて付いて行く。時生は南雲に「すみません」と謝り、こう続けた。

「娘は耳が大きいのを気にしてるんですよ。僕も子どもの頃、よくからかわれたし」

「僕は『大きい』じゃなく、『立派』って言ったんだよ。それに、耳が大きいのは悪いことじゃない。絵画の世界でも、ムンクやマネの自画像ではボリューミーで立体感もある耳が、個性と風格を――」

「もういいです。フォローになってないし」

思わず突っ込むと南雲は肩をすくめ、「お呼びじゃないってことだね」と告げて歩き去った。時生が手の中のスマホを操作しようとすると、電話の着信があった。画面には、「刑事課　井手さん」とある。フロアの隅に移動し、スマホを耳に当てた。

「お疲れ様です」

「よう。ちょっといいか？」

井手が問い、時生は「はい」と返した。本庁のリプロマーダー事件特別捜査本部に駆り出されている井手には、ひと月近く会っていない。ややハスキーで鼻にかかったその声が、既に懐かしく感じられた。

「この前、リプロマーダーが最初に起こした事件の情報《ネタ》をくれたろ？　現場のアパートの大家が、千葉に引っ越してたっていう」

「横澤藍子さんですね。引っ越し先は長男の家で、事件当時現場のアパート在住だった次男の新太さんは、十一年前に亡くなっていたとか。剛田くんが調べてくれたと、南雲さんから聞きました」

「ああ。ネタ元がお前だとは明かさず、捜査本部に報告して洗ってみたんだ。新太さんの死因は子どもの頃から患っていた持病の悪化で、不審点はない。だが、それ以前の経歴に気になることが見つかってな」

「どんな？」

時生は前のめりで問い、井手は答えた。

「新太さんがフリーターだったのは知ってるだろ？　コンビニ店員、清掃員、電子部品の検品……いろいろやってるが、どれも長続きしていない。だが、一箇所だけ半年近く続いたバイト先があるんだ。北区にある『都北造園《とほく》』って造園会社で、十三年前の春から秋まで働いていた。仕事覚えがよくて本人も楽しそうだったんで、社長はこのまま就職しないかと誘ったんだが、新太さんは体調を理由に辞めたそうだ。しかも、それから十一年前の一月に亡くなるまで、新太さんに働いた様子はねえ」

「それは気になりますね。都北造園には行きましたか?」

「いや。捜査本部のお偉いさんが事件との関連はねえと判断して、行かせてもらえなかった。食い下がろうとしたんだが、村崎課長に『我々は庭梅町五丁目の事件の捜査に集中しましょう』と言われた。その捜査が行き詰まってるから、あの手この手で突破口を探してるんじゃねえか。まったく、これだから頭でっかちは」

ぼやきかけてやめ、井手は「すまねえ。そういう訳だ」と話を締めくくった。大変そうだなと同情しつつ、時生が「ありがとうございます。こっちで調べてみます」と返すと、井手は言った。

「おう。だが、無茶するなよ。お前はこのヤマに入れ込み過ぎだ。庭梅五丁目の事件の時も、現場の状況を聞いただけでリプロマーダーが模倣した絵を言い当てただろ?」

「『戦争礼賛』ですか。あれは何かの糸口になればと、人の死を扱った絵画を見まくっていたので、たまたま」

まずったなと後悔しながら、説明する。息をつき、井手は応えた。

「わかってる。剛田がダ・ヴィンチ殿にこの話をしたら、『小暮くんは勉強家だから』と笑ってたそうだしな」

「その通り。勉強したんですよ」と笑った時生だったが、南雲が何を意図してそう返したのかが読めず、混乱する。

「とにかく、ヤバいと思ったらこっちに任せろ。相手は六人も殺し、十二年逃げ続けてる野郎だ。イカれてるのは間違いねえが、頭も恐ろしく切れるぞ」

時生が「わかりました」と返すと井手は通話を切り、時生はスマホをしまった。気持ちを鎮めて周囲を見たが、波瑠と仁美はまだトイレから戻って来ない。用を足した後、二人で話しているのかもしれない。

頭を巡らせ、時生は再度スマホを出した。都北造園で検索したところ、すぐに公式サイトが見つかった。会社は北区の王子《おうじ》にあり、従業員数二十名弱。施工実績を見ると、公共施設やショッピングモールの植栽管理、マンションとオフィスビルの害虫防除などを行っており、確かにリプロマーダー事件との関連は薄そうだ。が、その中に「関東美術大学の植栽管理」とあり、「美術」の二文字に惹かれた。大学名で検索し、公式サイトを開く。

美術大学らしく、トップページにはカラフルでポップな絵や写真が使われ、その下にメニューバーが表示されている。そこから「学部・大学院案内」を選んでタップすると、学部と学科名の一覧が並んだ。何気なく「絵画学科油画専攻」を選び、「教員紹介」ページに進む。

教授、准教授、講師等の名前と顔写真がずらりと並んでいる。顔写真はモノクロのものが多く、コスプレをしていたり、ほぼ顔が写っていなかったりする教員もいた。これも自己表現、アートってことかと考えながらページを眺めていた時生の目が、一箇所で止まった。

「おっ」

そう呟き、時生はまた周囲を見た。店内の状況は変わらず、波瑠たちもまだ戻らない。それを確認し、時生は視線を画面に戻してスマホの操作を続けた。

2

関東美術大学は、東京郊外の街にあった。広大な敷地にたくさんの校舎が並び、美術館やイベントホールなどもあるらしい。まだ大学は夏休み中なのでキャンパスを行き来する学生は多くないが、大きなキャンバスを抱えている者や、絵の具で汚れたツナギ姿の者がいるのがいかにもだ。時生はその中を、大学の構内図を表示させたスマホを手に進んだ。

一時間半前。トイレから戻って来た波瑠は他のイベント参加者とともに薬物検査を受け、結果は全員陰性だった。時生は安堵し、波瑠と仁美に「行くところができたから、話は夜しよう」と告げた。波瑠だけでなく、仁美にまでほっとした顔をされたのは納得がいかなかったが、カフェ キャラウェイを出て一度署に戻った。刑事係長の藤野に波瑠の一件を報告して、当番を別の刑事に代わってもらい、勤務を早引きした。が、署を出たあと自宅には戻らず、電車を乗り継いでこの街に来た。

キャンパスの奥まで進むと、視界が開けた。グラウンドとテニスコートがあり、奥の敷地の向こうには奥多摩《おくたま》の山々が見える。時生は構内図を眺めつつ、グラウンドの脇の通路を進んだ。

間もなく前方に白い煙が見え、話し声が聞こえてきた。グラウンドとテニスコートの間の通路には三角屋根の中にベンチが何基か置かれていて、そこに誰かいるようだ。近づいて行くと、白煙は香ばしいかおりをはらんでいるのがわかり、同時にジュージューという音と、「あ〜、ビール飲みてぇ!」という若い男の声が耳に届いた。

「失礼します」

時生が屋根の中に入ると、ベンチに座ったり、脇に立ったりしていた四、五人の男女が振り返った。学生らしく、みんなカジュアルな格好で手に肉と野菜が載った紙皿と割り箸、飲み物が入った紙コップを持っている。

「やあ、来たね」

学生たちの間から顔を出し、そう応えて笑ったのはボサボサの髪に無精ヒゲ、洗いざら

しのシャツとジーンズ姿の男。足を止め、時生は、

「古閑さん。こんにちは」

と一礼したが、古閑塁は「挨拶はいいから」と軍手をはめた手で手招きをした。時生は「はい」と返し、古閑の向かいに廻った。

古閑は、コンクリートの床に置いたビールケースに座っていた。その前には、もうもうと煙を上げるコンロ。とは言っても、二つ並べたレンガの上にステンレス製のバケツを置き、その上に焼き網を乗せたもので、バケツの中には火の点いた木炭が入っているらしい。

夏休み中とはいえ、構内でバーベキュー……。唖然としつつ、時生が焼き網に載った肉や野菜を見ていると、学生の一人が「どうぞ」と紙皿と割り箸を差し出してきた。「いや」と応えた時生に、古閑が言う。

「遠慮しないで食って。知り合いが肉と野菜を送ってくれたんだけど、一人じゃ食いきれないから持って来たんだよ。でも学食で調理してもらおうとしたら断られちゃって、自分で焼いた。このコンロ、いいでしょ？　その辺に転がってたバケツに空気穴を開けて、炭を入れたザルをセットしただけだよ」

「いえ、仕事中なので。それよりこのバケツ、『彫刻学科　持ち出し厳禁！』って書いてありますけど」

そう返し、時生はバケツの側面に書かれた黒いペンの文字を指した。すると古閑は「バ

レたか」と豪快に笑い、学生たちもどっと笑った。

そうそう。この、面白ければなんでもいいっていうのが、古閑さんと南雲さん共通のノリなんだよな。呆れながらも思い出していると、古閑は真顔に戻って言った。

「笑ってる場合じゃないか……小暮さんは刑事なんだ。みんなも、桂木径《かつらぎけい》くんが亡くなった事件は覚えてるだろ？　あれを解決したコンビの片方が、この人」

後半は学生たちに告げる。桂木は売れっ子の画家だったので、学生たちは「えっ！」「マジ？」と驚き、改めて時生を見る。「いやいや」と時生がはぐらかそうとすると、髪の右半分を金色に染めた男子学生が問うた。

「じゃあ、古閑先生の藝大の同級生ってあなたですか？　首席で入学して、天才って言われてたのに、突然絵をやめちゃったっていう」

「いや。それはコンビのもう片方」

時生より先に古閑が答え、立ち上がった。軍手を外し、持っていた金属製のトングと一緒に学生の一人に渡す。

「俺は小暮さんと話があるから、みんなで食って。火の扱いには気をつけろよ」

学生たちは「は〜い」と答え、古閑は時生に目配せして歩きだした。

二人でベンチを離れ、通路を進んだ。奥の塀の前に小屋があり、古閑はその鉄製の大きな引き戸の前で立ち止まった。

「新しい体育倉庫を別の場所に建てたから、古いのを臨時のアトリエに借りたんだ」

「そうなんですか。古閑さんは、この大学の絵画学科で教授をされているんですね。突然電話した上に押しかけて来て、申し訳ありません。ちょっと伺いたいことがあって」

「大丈夫。小暮さんには、例の事件で世話になったし。あの後、俺は別のギャラリーとマネージメント契約をしたんだよ」

「伺ってます。よかったですね」

やり取りしながら、古閑は引き戸を開けて小屋に入り、時生も続いた。壁際に設えられた棚に、体育倉庫の名残がある。棚には絵の具の箱や薬剤の瓶、絵筆が挿された缶などが並び、その前に大小の油絵のキャンバスが立てかけられていた。小屋の中央には大きな机があり、絵の具で汚れたパレットや絵筆、スケッチブックなどが無造作に置かれている。

このつんとした匂い。捜査で桂木さんのアトリエを訪ねた時にも嗅いだな。記憶を辿りつつ巡らした時生の視線が、奥の棚に立てかけられた三枚のキャンバスで止まった。

どれも縦一メートル、横一メートル三十センチほどあり、一枚には学校の教室らしき机と椅子が並んだ部屋、もう一枚には、体育館と思しきバスケットボールのゴールと板張りの床、三枚目には黒いソファと大きな液晶ディスプレイが置かれ、天井からはミラーボールがぶら下がったカラオケボックスの客室であろう部屋が描かれていた。が、教室を描いた絵では窓ガラスは割れ、机と椅子の多くは倒れたり壊れたりしている。そして窓や机などを覆い尽くすように、ツタやシダのような植物が生えていた。バスケットコートとカラオケボックスも同じように朽ちて荒れ、その床や壁を植物が覆っている。

「廃墟は、古閑さんのテーマの一つなんですよね。でも夏の個展で見た作品とは、少し感じが違うな」

時生は棚の前に立ち、三枚の絵を眺めた。その後ろで、古閑が応える。

「うん。まだ描きかけだけど、この三枚は非行に走った十代の若者の更生・自立を支援するための施設に飾る絵なんだ」

「なるほど。学校の教室にバスケットコート、カラオケボックス。どれも十代の子には、馴染みの深い場所ですもんね……僕なんかが言うのもおこがましいけど、素晴らしいです。描かれてるのは廃墟なのに、未来と可能性が感じられる」

勢いよく振り向き、思ったままを伝えた。くしゃっとした笑顔になり、古閑が言う。

「ありがとう。それこそが、僕から子どもたちへのメッセージだよ……でも、ほとんどボランティアなんだけどね。ギャラリーの担当者には、『もっとお金になる絵を描いて下さい』ってぼやかれたよ」

「いいじゃないですか。古閑さんらしいし、カッコいいです」と返した時生だったが、心の中では「またまた」とも思う。ここに来る途中、スマホで古閑の経歴と近況を調べたところ、少し前に香港《ホンコン》で開催された現代アートのオークションで、彼の作品が二百八十一万ドル、日本円にすると約四億円で落札されたというニュースがヒットし、目眩《めまい》がした。

「きっとこの絵は、施設の子どもたちの励みになりますよ……うちの娘も、これを見れば態度を改めるかな」

つい呟いてしまうと、古閑が怪訝そうな顔をした。時生は慌てて「すみません。で、伺いたいのは」と話を変えた。古閑が勧めてくれた椅子に座り、「ぬるくなっちゃってるけど」と渡してくれた缶コーヒーも受け取り、話し始めた。

「リプロマーダー事件の関係者に、ある男性がいます。既に亡くなっているんですが、彼は過去に造園会社でアルバイトをしていて、その取引先に関東美術大学がありました。造園会社に問い合わせたところ、十三年前の十月、つまりリプロマーダーの最初の事件が起きる三カ月前にもここに植栽の手入れに来ていて、亡くなった男性も一緒だったとわかったんです。古閑さんはその頃も、こちらの教員だったんですか?」

「いや。俺は十一年前にアメリカに行くまでの三年間は、美術予備校の講師をしてた。教員なんてガラじゃないんだけど、渡米のきっかけになったアートプロジェクトのメンバーに俺を推薦してくれたのが、ここの教授でね。昔からこき使われてきたけど、いま教授をやってるのも、その人に、『俺は辞めるからお前が引き継げ』って言われたからなんだ」

苦笑して、古閑はそう説明した。時生の向かいの椅子に座り、長い脚を組んでいる。天井近くの明かり取りから差し込む陽が、石灰で白くなったコンクリートの床を照らす。

「それは断れませんね」と笑い、時生は話を続けた。

「ちなみに、これがその男性なんですが見たことありませんか？」

そう問いかけ、ジャケットのポケットから写真を出して渡す。写っているのは、生前の横澤新太。小太りで、メガネをかけている。写真を眺め、古閑は首を傾げた。

「見たことないなあ。俺、記憶力はいい方なんだけど、ムラがあるみたいなんだよ」

「そうですか」と返しつつ、時生はそこも南雲と一緒だなと思う。横澤について訊ねたのは口実で、ここに来た目的は別にある。

「そう言えば、ひと月半ぐらい前に白石均さんと会ったんですよ。上野桜木署のOBで、古閑さんと南雲さんが藝大にいた頃からの知り合いだそうですね」

「そうなの？　俺も呼んでくれればよかったのに。水くさいなあ」

「会ったのは、事件絡みだったので。でも二人とも懐かしそうで、古閑さんの話も出ましたよ。ちなみに南雲さんはどんな絵を描いてたんですか？　さっき学生さんが天才って言われてたって話してたし、気になっちゃって」

極力自然に、いま思いついたという風に訊ねる。古閑は笑顔で問い返した。

「どんな絵だと思う？」

「それがわからないから、訊いてるんですよ。南雲さんははぐらかすし、ネットで調べても見つからないし」

「なら、そういうことなんでしょ」

あっけらかんと古閑が返す。「だから、そういうことがどういうことかを知りたいんだってば」と訴えたかった時生だが「はあ」としか言えない。古閑は笑ってはいるものの、その大きな体からは独特のオーラが漂い、迫力もある。

リプロマーダーなのかどうかを突き止めるためと判断し、時生は南雲と捜査を始めた。結果、疑念は深まったが証拠は摑めず、リプロマーダーは犯行を重ねている。なんだかんだと南雲の都合のいい方向にリードされている気もして、独りで動いてみようと考えた。その矢先に井手から情報提供があり、関東美術大学のサイトに古閑の名前を見つけたので、ここに来たのだ。

おおらかで大雑把に思えるけど、人や物事の本質を見抜く目がなきゃ、あんな絵は描けない。この人に小手先の尋問テクニックは通用しないな。そう判断し、時生は手にしていた缶コーヒーをポケットにしまい、古閑に向き直った。

「警察官はコンビで動くのが基本で、相棒には否応《いやおう》なしに命を預けることになります。でも正直、僕は南雲さんを信用しきれない。過去の、ある出来事がきっかけですが、白石さんに話を聞いて不安が強まりました。藝大時代、南雲さんの身に何か起きたんですね？　僕は警察が関係するような事件で、たぶん南雲さんは、それが原因で絵を描くのをやめた。僕はそれを知りたいと思っています」

すべてを伝えてはいないが、ウソもついていない。自分で自分に言い聞かせ、時生は語りかけた。一瞬黙った後、古閑はこう訊ねた。

「それ、南雲に伝えた?」

「いえ」

「じゃあ、俺は何も言えないな」

半分独り言めかして返し、古閑は脚を組み直した。やっぱりダメか。落胆を覚えつつ、時生は「そうですか」と頷いた。

南雲と古閑が再会したのが、二カ月前。それまでの約十年、二人の付き合いは絶えていたようだ。しかし南雲は、その間も古閑の動向をチェックしていた様子で、それは今も続けているはずだ。矛盾している、というより怪しい。やることは無茶苦茶だが、それなりに筋が通っていて矛盾はないというのが、南雲に対する時生の認識だ。

白石さんは、古閑さんとは南雲さんと同じ頃に知り合ったと話していた。加えて南雲さんについて、「大学時代にはあんなこともあったから」と言っていた。今のやり取りからすると、古閑さんは「あんなこと」が何か知っているだけじゃなく、関与していた可能性が高い。でも南雲さんと古閑さん、白石さんの過去を洗っても何も見つからなかった。これは一体——。

「小暮さんは、十二年前にも南雲とコンビを組んでたんでしょ?」

問いかけられて我に返り、時生は「えっ？　はい」と答えた。

「その頃、南雲が訪ねて来たことがあったよ。リプロマーダー事件について、絵描きの意見を聞きたいとかなんとか。詳細は忘れちゃったけど、南雲が小暮さんについて話したのは覚えてる」

「どんな話ですか？」

「僕を理解するのは誰にも不可能だけど、受け入れてくれていると感じる人間は二人いる。一人は古閑くん。もう一人は」

そこで言葉を切り、古閑は大きくがっしりした手を上げ、こちらを指した。

「えっ、僕⁉」

驚き、時生も自分で自分を指す。無言で大きく、古閑は頷いた。

「うん。南雲は、『もう一人は小暮くん』と言った。俺はずっと、あいつと付き合えるのは自分だけだと思ってたから驚いたし、『小暮ってどんなやつだ？』って興味も湧いたよ。まさか、あんな形で会えるとはね」

「事件の捜査、しかも亡くなられたのは、お知り合いの方でしたもんね」

時生が返すと、古閑は曖昧に「まあね」と応えた。二カ月前の事件を思い出させてしまったかなと申し訳なく思い、時生はこう続けた。

「でも、がっかりしたでしょう？　『なんだ。小暮ってこんなやつか』って」

「とんでもない。ますます興味が湧いたよ」

古閑は真顔で言い、時生は「光栄です」と会釈した。が、内心は南雲の「もう一人は小暮くん」という言葉をどう受け止めたらいいのかわからず、戸惑う。話を続けなくてはと口を開いた矢先、傍らで気配があった。

引き戸が開けっぱなしになっていた小屋に、誰か入って来た。中背の女性で、学生かと思いきや、ライトグレーのパンツスーツを着ている。女性は両手で持ったスーパーマーケットのレジ袋の口を開き、中を覗きながらこちらに歩み寄って来た。

「追加の紙皿と割り箸、買って来たわよ。でも、あなたが言ってた焼肉のタレは」

そう話しつつ、女性は顔を上げた。前髪を額の真ん中で分けたショートカット。パンツスーツには、骸骨のイラスト入りのロックTシャツを合わせている。

「野中さん⁉」

ぎょっとして声を上げ、時生は椅子から立ち上がった。

「げっ！」

野中も大きな声を出し、目を見開く。「『げっ』って」と突っ込み、古閑が笑った。

「なんでここに？　ていうか、いま『あなた』って言った？」

問いかけた時生だが、うろたえ、同時に「まさか」という思いが湧く。すると野中はレジ袋を下ろし、横を向いた。無言で口を引き結んでいるが、頬はみるみる赤く染まっていく。その姿にすべてを察し、時生は視線を向かいに移した。すると古閑も立ち上がり、「琴音ちゃんと仲良くさせてもらってます」と一礼した。続けて、気遣うように野中に歩み寄り、レジ袋を持つ。

野中さんは独身で、古閑さんも既婚という情報はなかった。なら、問題ないか――待てよ。野中さんは何かというと、半休を取る。まさか今日も……。時生は混乱し、気まずさも覚えた。

「あれ。みんなお揃いで、何してるの？」

その声に再度ぎょっとし、時生は顔を上げた。野中と古閑の向こうに、南雲がいた。数時間前に別れた時と同じ黒い三つ揃い姿で、脇に表紙が深紅のスケッチブックを抱えている。振り向いた野中と古閑に「やあ」と手を振り、南雲は小屋の中に入って来た。時生に「小暮くんも来たんだ」と笑いかけ、机の前で立ち止まって室内を見回す。その横顔を見て、時生は問うた。

「なんでここに？」

「剛田くんから都北造園の話を聞いたんだよ。小暮くんは、井部《いべ》さんから聞いたんでしょ？　考えることは一緒だね」

「はあ――井部さんじゃなく、井手さんですよ」

反射的に訂正したが、南雲は古閑を振り返って言った。

「芝浦《しばうら》やら軽井沢《かるいざわ》やらに立派なアトリエがあるのに、なんでここ？　しかも、油画科のアトリエでも創作してるんだって？　学生がきみの筆遣いばっかり見ちゃって、課題が全然進まないって噂になってるらしいけど」

「若い子のための絵だから、学生に交じって描けば気持ちが若返るんじゃないかと思ってさ。悪あがきだよ」

いたずらっぽく答え、古閑は顎で棚に立てかけられた三枚の絵を指した。視線を動かした南雲は絵に気づき、歩み寄る。しばし無言で絵を眺め、南雲はまた振り返った。

「画溶液をペトロールに戻したの？　むかし一時期、ターペンタインを使ってたよね」

顔を上げて鼻をひくつかせ、問う。呆れたように「それが感想かよ」と言ってから、古閑は答えた。

「ああ。ターペンタインは乾きは早いが、変質しやすいからな」

「ふうん」

視線を絵に戻し、南雲が呟く。時生がきょとんとしていると、野中が隣に来て言った。

「油絵には複数の画溶液が必要で、ターペンタインとペトロールは絵の具の粘り気や濃さを調節したり、乾性油を薄めたりする時に使う油なの。ターペンタインは別名・テレビン油とも言うわね」

じゃあ、これはペトロールの匂いか。恐らく原料は石油だな。ターペンタインはどんな油なんだろう。興味が湧きかけた矢先、我に返り、時生は横目で隣を見た。

「他に言うことがあるんじゃないの？」

野中は無言。しかし「うるさい」とでも言いたげに、横目で睨み返してきた。南雲と古閑は絵の前に並んで立ち、楽しそうに話している。

3

その後しばらくして、時生と南雲、野中は古閑のアトリエを辞した。「美大の空気に浸りたいから、先に帰って」という南雲と別れ、時生は野中と校門の脇にある事務室に向かった。

時生は事務職員に警察手帳を見せ、十三年前の十月に行われた植栽の手入れについて話を聞いた。当時の記録を調べた事務職員によると、都北造園には二十年ほど前から植栽の管理を委託しており、十三年前の十月も約一週間、作業に来ていたそうだ。しかしトラブルなどはなく、当時の担当者は既に退職していてそれ以上はわからないという。礼を言い、時生は野中とキャンパスを出た。最寄り駅まではバスで十分ほどだが、停留所の時刻表を見ると次の便まで三十分近くあったので、歩くことにした。

「横澤新太さんが亡くなってたっていうのと、最後のバイト先が造園会社だったっていうのは捜査本部で聞いたけど、そんなに気になる？　性に合いそうな仕事が見つかった矢先、持病が悪化しちゃったってことじゃないの？　生前の新太さんは優しい性格だけど不安定なところがあって、心療内科への通院歴もあったって話よ」

並んで歩き始めると、野中が言った。傍らには国道が走り、車が絶え間なく行き交っている。近くに他の大学のキャンパスもあり、道沿いには学生向けと思しき小さなマンションやアパートが目立つ。時刻は午後四時を回り、陽は傾きかけていた。

古閑にもらった缶コーヒーをポケットからバッグに移し、時生は答えた。

「そうなんだけど、美大っていうのが気になるんだ。これまでリプロマーダー事件の被害者と関係者は、全員絵画やアートとは繫がりがないとされてただろ？」

「まあね」

野中が頷き、時生は話を変えた。

「さっきの『他に言うことあるんじゃないの？』の答えは？　『うるさい』や『ノーコメント』はなしだよ」

「わかってるわよ。古閑さんの言った通りだから」

ぶっきら棒に答えた野中だったが、時生が、

「言った通りって、『琴音ちゃんと仲良く——』」

と古閑の発言をなぞろうとすると、「やめて！　恥ずかしいでしょ」と騒いだ。頰を赤

らめて片手を上げ、時生の背中をばしんと叩く。時生がその痛みに顔をしかめていると、こう続けた。

「個展で会った時、名刺を交換したって言ったでしょ？　作品の感想とか、私の仕事のこととかをメールでやり取りしてるうちに、『食事でも』ってなって、それから何となく」

「へえ。『私なんて、相手にしてもらえないわよう』とか言ってたクセに」

口まねで返すと、野中はまた時生を叩こうと片手を上げた。それを「冗談だよ」と止め、時生は告げた。

「どっちも独身なんだし、いいんじゃない？　しかも古関さんは超の付く売れっ子画家で、大金持ちだ。南雲さんの親友っていうのが『大丈夫？』って気はするけど、これまでの彼氏とは雲泥《うんでい》の差だよ。何しろ、野中さんが惚れるのは既婚者や彼女のいる男ばっかりだったから。略奪とか考えないのは偉いけど、『辛い』『切ない』って何度ヤケ酒に付き合わされたか。で、たまに独身でフリーの男と付き合ったと思えば、ヤバそうなやつばっかりで──『何でもするから捨てないで』ってつきまとわれたのは、前の彼氏？　いや、その前か」

呟いて隣を見ると、こちらを睨み付けてバッグを振り上げている野中が目に入った。慌てて、「違うって！」と言って脇に避け、時生は続けた。

「ずっと心配してたから、喜んでるんだよ。気が合う人はいても、本音を言い合える人はそう見つからないから。野中さんの幸せが、僕の幸せなんだ」

そう語りながら、自分で自分に言い聞かせているなと気づいた。これまでに何度も野中の恋愛話を聞き、恋人に会ったこともある。しかし古閑はその誰とも違い、野中の本気を感じた。ショックという訳ではないが、なぜか南雲の「僕を~受け入れてくれていると感じる人間」という言葉が頭から離れず、混乱する。すると野中はバッグを下ろし、また騒いだ。

「寒《さむ》っ！」

顔をしかめ、時生とは反対側の脇に避ける。その姿を、向かいから来た若いカップルが怪訝そうに見て行く。

「言ってて恥ずかしくない？『ただしイケメンに限る』ってフレーズ、このまえ教えたわよね？ていうか、『ずっと心配』はこっちの台詞なんだけど——さっき別れ際、古閑さんに『小暮さんは、娘さんのことで悩んでるみたいだよ』って囁かれたわよ。何かあったの？」

後半はいつもの調子に戻り、野中は問うた。現実に引き戻され、時生は「姉ちゃんからも連絡があると思うけど」と答え、止めていた足を動かしだした。

歩きながら、時生は昼間の出来事を伝えた。それを聞き終えるなり、野中は言った。

「その、律と龍磨って子がやってる子どもの教育支援のサークルっていうのは、何なの？」

「わからない。署の生活安全課《セイアン》の知り合いに確認するつもりだけど」

「反抗期っていうのは自立したい、親離れしたいっていう気持ちの表れで、アイデンティティーの確立のために必要なことなの。でも、行き過ぎると『誰も頼れない』『周りは敵ばっかり』って思考になっちゃう。で、そこに『気持ちはわかるよ』『味方だよ』ってつけ込まれると、危険な交友関係にコロッと――」

「ちょっと、縁起でもない」

野中を遮り、時生は訴えた。さっきの波瑠の態度とMDMAの件を思い出し、不安が募る。野中は「ごめん。つい、いつものクセで」と笑い、こう続けた。

「とにかく、波瑠ちゃんを追い詰めちゃダメ。取調べじゃないんだから、多少矛盾してたり辻褄が合わなかったりすることがあっても見逃すの。小暮くんは、身内のことになると我を忘れるところがあるから」

「わかってるよ……場合によっては、波瑠と話してくれない？　第三者の方が素直になれるかもしれないし、野中さんは専門家だから」

「それは構わないけど、専門家に頼る前にやることがあるんじゃない？　史緒里さんよ。こういう時こそ、母親の出番でしょ。何とかならないの？」

「『何とかならないの？』って、訊きたいのは僕だよ。史緒里が家を出て行ってから二年、毎日同じことを考えてる」

そう返しながら、知らずため息が出る。「そりゃそうよね」と野中が呟き、場に重い空気が流れる。いつの間にか駅に近づき、道の先にビル群と大きなロータリーが見えて来た。

4

午後六時前。時生は自宅に辿り着き、玄関のドアノブを摑んだ。ドアは施錠されておらず、案の定だが不吉な予感を覚えつつ三和土で黒革靴を脱いだ。廊下を進み、ダイニングキッチンに入る。奥のリビングのソファに仁美と波瑠の姿を見つけ、「ただいま」と声をかけた。

「お帰り」

振り向き、仁美が返す。ソファは四人がけのものと二人がけのものがL字形に並べられていて、仁美の定位置は手前の二人がけだ。時生が近づいて行くと、奥の壁際の四人がけに座っていた波瑠が立ち上がり、仁美の隣に移動した。目を伏せ、不機嫌そうな表情だ。時生は空いた四人がけに座り、バッグを向かいのローテーブルに載せて訊ねた。

「絵理奈たちと有人は？」

「絵理奈たちは、お隣さんが夕飯を食べさせてくれるって。有人は部屋で宿題をやってる。私たちはカレーを食べたけど、あんたは？」

仁美が問い、時生は「後でいい」と答えた。話を始めようとした矢先、波瑠が言った。

「龍磨くんは大丈夫？　サークルの友だちから、意識が戻らないって連絡があったの。あと、律くんは？　咲良ちゃんが、『お兄ちゃんが警察に連れて行かれた』って心配してる」

「龍磨くんのことは、わからない。ただ、ＭＤＭＡの乱用を続けると、意識障害やけいれん、心臓発作を起こすことがある。律くんはサークルの責任者だから、今日のイベントとサークルについて聞かれているんだと思うよ。どう答えたかは署の人に教えてもらえるけど、パパは波瑠に説明して欲しい」

できる限り丁寧かつ穏やかに、時生は語りかけた。波瑠は無言。俯き、指先で膝に載せたクッションの房飾りを弄っている。が、隣の仁美に「ほら」と促され、仕方なくといった様子で顔を上げた。昼間のワンピースから、パーカーとジーンズに着替えている。仁美はいつものスウェットの上下だ。

「『サニー』って名前のサークルで、中学生や高校生の悩みを聞いたり、勉強を教えたりしてるの。オンラインの活動がほとんどだけど、私は咲良ちゃんに誘われてメンバーになったから律くんたちとリアルで話すし、イベントの手伝いもしてる。でもそれだけで、何も悪いことはしてないよ」

波瑠は訴えたが、時生の胸には疑問と疑惑が押し寄せる。「わかった」と返し、さらに問うた。

「じゃあ、波瑠も悩みがあったの？　知らない人は苦手じゃなかった？　なんて誘われたの？」

波瑠は無言。また目を伏せてクッションの房飾りを弄りだす。時生の疑問と疑惑はさらに増し、焦りが募る。

「何かあったの？　これまでは、何でも仁美おばちゃんに話してたよね？　話せないようなことがあったの？」

つい前のめりになり、畳みかけてしまう。たちまち波瑠は眼差しを尖らせ、仁美は時生に何か言おうとした。構わず、時生は続けた。

「大丈夫。何があっても、パパは味方だから。波瑠を守るって約束する」

「ウソばっかり！」

時生を睨み、波瑠が立ち上がった。一瞬うろたえた時生だが、波瑠の目を見て返した。

「ウソじゃない。だから、何があったか話して。ちゃんと聞くから」

「遅いよ！　てか、全部パパのせいじゃん」

苛立ったように言い捨て、波瑠はクッションをソファに叩きつけた。そのまま身を翻し、リビングを出て行く。

「待ちなさい！」

追いかけようと立ち上がった時生を、仁美が腕を摑んで止めた。

「何があったか私が説明する。昼間、波瑠が話してくれたの」

続けて、仁美がソファに戻るように仕草で指示してきたので、時生は従った。

「親が警察官だと、先生に注意された時とか、警察が不祥事を起こした時とかに周りに揶《や》揄《ゆ》されがちなのよ。波瑠はそれがイヤで、でも史緒里さんに言い含められてたから我慢してたらしいの。ところがリプロマーダーがまた事件を起こして、あれこれ言われることが増えたんだって。そのうえ三カ月ぐらい前、十二年前にリプロマーダーを取り逃がした刑事があんただって知っちゃって」

「何で？　あの時、僕の名前は公表されなかったはずだよ」

驚いて問うと、仁美は「私じゃないからね」と念押ししてから首を横に振った。

「私も訊いたけど、教えてくれない。でも多分、ネットだと思う。公表されないことを突き止めて暴露するのが生き甲斐みたいな人、いるでしょ。波瑠のスマホにはフィルターをかけてて、パソコンを弄る時も私が見守ってるけど、抜け道はいくらでもあるから」

「そうだけど、でも」

「とにかく、波瑠は知っちゃったの。で、ショックを受けてたら咲良ちゃんが慰めてくれて、サニーに誘ってくれたんだって。咲良ちゃんのご両親って、中学校の教師なのよ。教師の子どもっていうのも、あれこれ言われがちだから、通じ合うものがあったみたい」

そこで言葉を切り、仁美は返事を待つように時生を見た。が、時生は何も言えない。

親が警察官だと～というのは、同僚の刑事からも聞いたことがある。しかし時生は、大きな意義があると信じて職務に取り組んでおり、それは波瑠にも伝わっていると思っていた。だが現実には波瑠は長年プレッシャーを感じ、さらに過去の時生の失態が、彼女を追い込んでしまったのだ。

ショックに自責の念が加わり、胸が揺れた。しかし頭の中は真っ白で、何も考えられない。

「時生、大丈夫？」

また仁美が腕を摑んできた。「大丈夫」と答えた時生だが、頭は真っ白なままだった。

5

楠町西署の門の前まで来たとたん、あくびがこみ上げてきた。それを嚙み殺し、時生は署の敷地に入った。時刻は午前九時前で、日射しは強いが空気はからりとしている。

昨夜はあの後、波瑠と話そうとした。が、仁美に「波瑠ともども、頭を冷やした方がいい」と諭されてやめた。波瑠は自分の部屋から出て来ず、時生は仁美と手分けして下の子どもたちの世話をした。それから食事と入浴を済ませてベッドに入ったが眠れず、明け方にうとうとしたと思ったら、いつもの悪夢を見た。

十二年前。本庁の特別捜査本部で南雲とリプロマーダーを追っていた時生は、あるきっかけで犯人と思しき男と遭遇し、追跡した。しかし男に襲われ時生が死を覚悟した直後、なぜか男は手を止めて立ち去った。その出来事の責任を問われて時生は捜査本部を追われ、あの日の夢を見てはうなされてベッドから落ちる、を繰り返すようになった。

当時、波瑠は二歳で何も覚えていないはずだ。リプロマーダー事件については、周りに吹き込まれたり、ネットの情報を見ただけで、その知識には誤りや偏りが多いだろう。ちゃんと説明すれば、きっとわかってくれる。しかし捜査情報は漏らせず、正直、どう話したらいいのかもわからない。

ここまで来て、事件を客観視できない。自分の立ち位置を見失いかけてるってことか。そう悟り、時生が愕然とした時、

「脚を伸ばせるのはいいけど、ベッドの寝心地はいまいち。四十二点ってところかな」

という声がした。立ち止まって振り向くと、南雲がいた。傍らの駐車場に停められたワンボックスカーの脇に、制服姿の警察官の男女二人組と立っている。二人組はどちらも地域課の所属で、二十代前半だ。男の方が言う。

「辛口ですね。でも南雲さん。あれはベッドじゃなく、ベンチですよ」

「そうそう。それに寝心地じゃなく、使い心地を採点して欲しいってお願いしたんです」

女も言い、男とともにワンボックスカーを振り向く。そのボディは下半分が水色に塗ら

れ、「警視庁移動交番車」の文字が入っている。

移動交番車は駅前や公園、図書館、スーパーマーケットなどを巡回し、各種届出書類の受理や安全相談、地域住民の見守りなどを行っている。車内には折りたたみ式のベンチとテーブル、ボディの脇にはロール式のテントも備えられていて、移動交番車を導入する警察署は全国で増加中らしい。

二人に突っ込まれた南雲だが、「そうだっけ？」ととぼけ、しれっとこう続けた。

「だとしても、いまいちだよ。九州のどこかの署は、移動交番車にキャンピングカーを使っているって聞いたよ。うちもそうしたら？」

「そうなったら、毎晩寝泊まりする気でしょう？」

男に問い返され、南雲は「バレた？」と顎を上げて笑った。その後頭部の髪には、寝グセが付いている。

こうやって適当な口実を作って、署の車両で寝てるのか。そう悟り、時生はうんざりするのと同時に、南雲が署内で着実に人脈を築いていると感じ驚く。と、視線に気づいたのか南雲が振り返った。

「小暮くん、おはよう……じゃ、またね」

後半は二人組に告げ、スケッチブックを抱えて歩み寄って来る。「おはようございます」と返して二人組にも会釈し、時生は南雲と通路を歩きだした。

「南雲さん。昨日は当番だったんですよね？　移動交番車で仮眠を取ったんですか？」

「朝から質問攻め？　しかも、ひどい顔してるよ。何かあった？」

「何かって」

まさか、昨日のカフェ キャラウェイでの騒動を覚えていないのか。愕然とした時生だったが、とことん他人の私生活に興味がないんだなと悟る。どっと疲れが増し、足も重くなった。と、後ろで「おはようございます」と声がして、スーツ姿の男が隣に来た。生活安全課防犯少年係の落合広夢だ。時生は返した。

「おはよう。昨日は迷惑をかけたね」

「いえいえ。娘さん、波瑠ちゃんでしたっけ？　何ごともなくてよかったですね。どうしてます？」

「部屋でふて寝してるよ。今日は日曜日だけど、スマホを取り上げて外出禁止を言い渡したから……そっちはどう？」

「町山《まちやま》龍磨は、状態は安定してますが意識不明のままです。住吉律は聴取に素直に応じて親も署に来たので、昨日の夕方には解放しました……すみませんけど、これ以上は。一応、小暮さんも事件関係者の家族ですから」

こちらの思惑に気づいたのか、落合が言う。「わかってるよ」と応えた時生だが、納得できない。と、南雲が口を開いた。

「それ、『Lanois《ラノワ》』？　張り込んだね」

時生越しに語りかけ、落合の左手を指す。その薬指には真新しいプラチナと思しき指輪がはめられ、上部に「L」の文字が刻まれている。ファッションに疎《うと》い時生も、ラノワがフランスの高級ブランドだという知識はあった。

「そうか。落合くんは、新婚だったね」

時生の言葉に落合は「ええ」と頷き、眉根を寄せて自分の左手を見た。

「でも、この結婚指輪は仕方なくですよ。妻はラノワが大好きで、『他のブランドの指輪はあり得ない』って言い張られました。しかも、このところ事件続きでろくに家に帰れないから、機嫌が悪くて」

「あっそう。ところで奥さんは、ラノワが近々、銀座《ぎんざ》のフラッグシップショップをリニューアルして、最上階にフレンチレストランをオープンするって知ってるかな。パリから腕利きのシェフを呼んで、店内のインテリアや食器、カトラリーは全部ラノワがプロデュースするんだって」

「フラッグ……？　よくわかりませんけど、妻は知らないと思います。知ってたら『行きたい』って騒ぐはずですから。高すぎて無理でしょうけど」

きょとんとしてから、また眉根を寄せ、落合は答えた。それを待ち構えていたように、南雲が言う。

「高すぎる以前に、予約が取れないよ。言い忘れたけど、パリから呼ばれるシェフは友人なんだ。僕が向こうにいた頃、修業中だった彼の面倒を見て——そんな僕が頼めば、一番いい席で最高の料理を、格安で提供してくれるだろうね」

最後のワンフレーズは意味深に告げ、立ち止まって落合に微笑みかける。つられて足を止め、落合は問うた。

「それって、シェフに口利きしてくれるって意味ですか?」

「話によっては」

南雲は返し、時生の肩を「ね?」と叩いてから落合を見た。それが何を意味するか察したらしく、落合は「いや、まずいですよ」と慌てて首を横に振った。すると南雲は、

「大丈夫。レオナルド・ダ・ヴィンチも、『物事が正しく理解されていれば揉め事は起きず、平穏は保たれるだろう』と言ってるし」

と言い、また「ね?」と時生の肩を叩いた。我に返り、時生も言う。

「頼むよ。迷惑はかけないから。それに、薬物絡みなら刑事課が絡むことになるでしょ」

「そうですけど。う〜ん」

そう呟いて考え込んだ落合だったが、心を決めたように顔を上げ、「僕に聞いたって、誰にも言わないで下さいよ」と告げて時生と南雲を見た。二人で頷くと、落合は周囲を見回して歩きだした。三人で駐車場の端に移動し、落合は言った。

「町山と住吉は、明慶《めいけい》大学教育学部の学生です。搬送された病院の医師の診断によると、町山はMDMAの過剰摂取。日常的に薬物を摂取していたようで、自宅マンションからはMDMAの錠剤の他に、乾燥大麻も見つかりました。しかし住吉律はこのことを『知らなかった』と言い、薬物の毛髪分析も無実《シロ》でした」

人間の毛髪は取り込んだ化学物質を蓄積する働きがあるので、薬物の使用履歴の判定に用いられる。毛髪は一カ月に約一センチで伸びるため、生え際から一センチ刻みで分析していけば、数カ月、または数年にわたる薬物の使用履歴がわかる。

「サニーっていう、教育支援サークルは?」

時生が訊き、落合は「ああ」と頷いて答えた。

「大学は非公認で、メンバーも実質、住吉と町山だけです。主宰は住吉ですが、町山は親が経営者のボンボンなので、その自宅マンションを活動拠点にしています。昨日イベントの参加者を聴取した際には違法行為は確認できませんでしたが、サークルが薬物に関与している可能性は高い。引き続き捜査する予定です」

昨日の今日では、わかっているのはそんなところだろうと判断し、時生は「わかった。ありがとう」と落合に告げた。続いて南雲が「シェフに連絡しておくよ」と言うと、落合は「お願いします……本当に僕から聞いたって、言わないで下さいよ」と念押ししてその場を離れた。二人きりになり、時生は一礼した。

「ありがとうございます。助かりました。でも、どうして?」

訊ねたそばから昨日の古閑との会話を思い出し、気持ちが揺れる。と、南雲が笑った。

「そのひどい顔の原因は、波瑠ちゃんなんでしょ。なら、さっさと解決してリプロマーダー事件の捜査に集中してもらわないと……行くよ」

そう告げて、南雲は歩きだした。「どこへ?」という時生の問いにはこう答えた。

「それは小暮くんが考えてよ。波瑠ちゃんの事件の捜査をするんでしょ。ちょっと早いけど、僕は当番明けで上がりだし、小暮くんも休んじゃえば? 家族の一大事ってことで、係長もわかってくれるよ」

「ていうか、南雲さんも行くんですか?」

戸惑って問いかけたが返事は「早く」で、時生は仕方なく歩きだした。

6

二十分ほどで目的地に着いた。通りの端にセダンを停め、時生は隣に問いかけた。

「この車、どこから借りたんですか? 後で面倒なことになるのは困りますよ」

しかし南雲は「大丈夫」とだけ答え、シートベルトを外して降車した。絶対大丈夫じゃないだろ。心の中で言い返し、時生は車内を見回した。上下二段のルームミラーや無線機、サイレンのアンプなどが搭載されているので警察車両なのは確かだが、刑事課のものではない。

さっき「行くよ」と言われ付いて行くと、南雲は駐車場の端に停められた白いセダンの前で立ち止まった。そしてポケットから出したキーでドアを解錠し、「はい」と時生に渡した。時生は事情説明を求めたが、南雲はさっさと助手席に乗り込んでしまった。やむを得ず、時生はスマホで刑事係長の藤野に電話し、「娘が心配なので、念のため休ませて下さい」と伝えた。カフェ キャラウェイの一件は既に耳に入っていたらしく、藤野は「お前は夏休みもまだだし、構わないから娘さんと話し合え」と許可してくれた。気遣いはありがたいが、「二度と問題を起こさせるな」という意図が感じられる。

これ以上訊いてもはぐらかされるのは確実なので、時生もセダンを降りた。通りの先で、向かいのマンションを見上げている南雲の隣に行く。

「ここ、誰の家?」

「住吉律です。話を聞きましょう。本当は龍磨の自宅を調べたいけど、セイアンの手前、そうもいかないので」

時生は言い、マンションに歩み寄った。「あっそう」と返し、南雲も続く。ここに来るのは、去年の夏以来だ。波瑠と咲良が他の友人たちとプールに行き、時生が車で送り迎えをしたのだ。波瑠も咲良も真っ黒に日焼けし、屈託なく笑っていたのを思い出す。

ドアを開け、マンションのエントランスに進んだ。築十五年ほどで、六階建て。壁に取り付けられたポストの数からして、部屋数は三十ぐらいか。迷わず、時生は奥のドアの脇に設えられたオートロックのパネルに歩み寄った。数字が振られた金属製のボタンを「305」と押し、呼び出しボタンも押した。チャイムの音が響き、ややあってパネルのスピーカーから、「はい」とくぐもった男の声が応えた。声は若く、住吉家の子どもは二人なので、律だろう。

「おはよう。小暮波瑠の父親です。昨日のことで、少し話を聞きたいんだけど」

署の駐車場から刑事課に行かずにここに来たので警察手帳は持ったままだけど、休みは取った。これは私的な訪問だ。心の中でそう確認しつつ、時生はパネルのレンズに語りかけた。戸惑ったように、律が応える。

「波瑠ちゃんのお父さんって、刑事さんですよね？　話なら他の人にしましたけど」

「今日は波瑠の親として来たんだ。時間は取らせないよ」

笑顔で告げると、律は黙った。ややあって、「どうぞ」と声がして、奥のガラスのドアが開いた。

南雲と薄暗い廊下を進み、エレベーターホールに向かった。下りて来たエレベーターに乗って三階に行き、すぐ横のドアに歩み寄る。壁のチャイムを押すと、ドアが開いて律が顔を出した。

「昨日はすみませんでした。カフェに来てましたよね？」

抑揚はないが丁寧に告げ、頭を下げる。前髪を目にかかる長さに伸ばし、横に流すという、最近の若者の流行りらしきヘアスタイル。身につけているのは、濃紺のトレーナーとジーンズだ。

「うん。こちらこそ、いきなりごめんね。ご両親は？」

身長差が二十センチ近くある律を見上げ、問い返す。律は「出かけてます。教師なので、週末も部活の付き添いがあって」と答え、時生の隣に顔を向けた。そこに立つ南雲は「やあ」と片手を上げて微笑み、告げた。

「僕のことは気にしないで。ただのオブザーバー、傍観者《ぼうかんしゃ》だから」

律は怪訝そうにしながらも「はあ」と返し、時生たちを玄関に招き入れた。タイル敷きの三和土で黒革靴を脱ぎ、前方の廊下に目をやる。左右にドアが並び、奥にもリビングに通じると思しきガラスのドアがあった。前を行く律がガラスのドアを開けようとしたので、時生は言った。

「できれば、きみの部屋で話したいな」

「でも、狭いし散らかってるから」

「いいよ。本当にすぐ帰るから」

笑顔をキープしつつ食い下がると、律は仕方なくという様子ながらも廊下を戻り、手前のドアに歩み寄った。

三人で部屋に入った。本当に狭く、五畳あるかないかだ。素早く見回すと、奥の掃き出し窓の前にベッドが横向きで置かれ、左右の壁際にはノートパソコンが載ったカウンターと椅子、棚があった。ベッドにはカバーがかけられ、掃き出し窓のカーテンレールには、ハンガーにかかったシャツやジャケットなどが並んでいる。時生が家捜《やさが》ししたい衝動を堪えていると、南雲が言った。

「オアシス、ニルヴァーナ、グリーン・デイ……趣味が渋いね」

見れば、さっそく棚の前に行って並んだCDを眺めている。律が答える。

「九〇年代のロックにはまってて」

「素晴らしい」

笑顔で返し、南雲は棚の上の壁に視線を移した。時生も倣うと、ポスターやポストカードが貼られており、確かにどれも一九九〇年代に人気だったバンドのものだ。

律をベッドに座らせて自分も椅子に腰かけ、時生は質問を始めた。

「きみと龍磨くんが運営してるサニーなんだけど、どんな活動をしてるの？」

「メールで中高生の相談に乗ったり、勉強を教えたりしています。希望者にはメンバー登録をしてもらって、メッセージアプリのチャットやビデオ通話で対応することもあります。でも会費は無料だし、必要な場合は、スクールカウンセラーや児童相談所に相談するように伝えています」

後半は不満と警戒の滲む口調で、律は語った。昨日も署で同じことを何度も訊かれたのだろう。前髪で目はよく見えないが、白い肌と細い顎が印象的だ。

「始めたのはいつで、メンバーは何人？」

「今年の三月からで、メンバーは三百人ちょっとです。でも、冷やかしや誹謗中傷《ひぼうちゅうしょう》をする目的で登録してる子もいますよ」

「だとしても、半年で三百人はすごいよ。会費が無料なら、律くんたちはボランティア？オンラインでやっていても、経費はかかるよね。どうしてるの？」

のんびりと、世間話風に問う。しかしこれまた署で訊かれたらしく、律はふて腐れ気味に答えた。

「バイトをしてるし、活動に賛同した人からカンパをしてもらったり、代金を安くしてもらったりしています。昨日のイベントだってＤＪはノーギャラだし、あのカフェもオーナーさんの厚意で、フードとドリンクの代金しか払っていません」

ウソはついていないみたいだけど、裏を取る必要があるな。時生が頭を巡らせていると、

「あの」と律が話しだした。

「僕は中学生の時、一年ぐらい不登校だったんです。すごく悩んだし、苦しかった。だから、同じように苦しんでいる子の話を聞きたいし、僕の体験を伝えたいんです」

やや上ずり気味の声で訴える。「そう」とだけ返した時生だが、不登校の件は初耳だ。明慶大学は名門だし、律の体験に励まされる子はいるはず。でも、当時両親は大変だっただろうし、咲良ちゃんも動揺しただろうな。そう考えると波瑠の顔が浮かび、昨夜、仁美から聞いた話も思い出す。律を問いただしたい衝動にかられたが、南雲の手前、我慢して質問を続けた。

「龍磨くんなんだけど、薬物をやっていたとは知らなかったんだよね？　でも彼が、昨日イベントの前か最中に薬物を摂取したのは確かなんだ。思い当たることはない？」

ＭＤＭＡの効果が現れるのは摂取後三十分から一時間で、落合は龍磨が倒れたのは、「イベントが始まって約四十分後」と話していた。考え込むように黙ってから、律はこう答えた。

「昨日は朝の八時にあのカフェに行って、ＤＪや臨時で来てもらったスタッフと準備をしました。そのとき龍磨は普段通りで、イベントが始まってからも気になるようなことはなかったと思います」

「じゃあ、龍磨くんが倒れた時の状況は？　救急車を呼んだのは律くんなんでしょ？　龍磨くんはあの店のどこで倒れて、周りには誰がいた？」

「龍磨はフロアの奥の、テーブルと椅子を並べたところに倒れていました。脇には女の子が二人いて、一人は僕の妹です。龍磨に『大丈夫？』みたいに声をかけていました。もう一人は、その隣に呆然と立ってて……波瑠ちゃんなんですけど」

最後のワンフレーズは申し訳なさそうに言い、律は前髪の隙間から時生を見た。一気に胸が重たくなった時生だが、「わかった」と頷く。

それから、薬物が関わっている以上、警察の捜査は避けられないと伝え、捜査には協力し、サニーの活動は中止して、メンバーにも連絡を取らないようにと言い聞かせた。律は何か言いたげながらも「はい」と応え、時生が「また話を聞かせてもらうかも」と付け足すと「わかりました」と頷いた。続けて時生が、「咲良ちゃんがいたら、話をさせてもらえないかな」と乞うと、隣の部屋に呼びに行ってくれた。

五分ほどで、咲良がやって来た。レースのブラウスにチェックのミニスカートという格好で、長い髪を下ろしている。時生が挨拶すると、ぎこちない仕草で会釈し、奥のベッドに座った。と、南雲が律に、「明慶大って、学食のカツ丼が有名なんでしょ。食べたことある？　おいしい？」と訊ねた。そして、「はい。あれは」と話しだした律を誘導して廊下に出た。気を利かせてくれたのかと時生が思っていると、咲良が言った。

「波瑠ちゃんのことなら、本人に聞いて下さい。私は何も話せません」

振り返った時生の目に、自分をまっすぐに見る咲良が映った。小さな口を引き結び、身を固くしている。その頑なさに呆れながらも、波瑠を守ろうという決意を感じ、ありがたくも思う。僕がここに来たと波瑠に伝わるのも、時間の問題だな。心の中で苦笑しながら、時生は返した。

「わかった。咲良ちゃんから聞くのは、ルール違反だもんね。でも、龍磨くんのことは心配でしょ？　僕も、なんであんなことが起きたのか知りたいんだ。そっちには力を貸してくれる？」

「はい」

咲良が即答したので、時生は問うた。

「倒れる前、龍磨くんはどんな様子だった？　咲良ちゃんと波瑠がそばにいたんだよね」

「そうです。龍磨くんは買い物に行って、倒れる五分ぐらい前に戻って来ました。お好み焼きを買って来てくれたので、私と波瑠ちゃんがテーブルに並べるのを手伝ったんです。で、龍磨くんは『これ、おいしいんだよ』って食べ始めたんですけど、苦しみだして」

「咲良ちゃんと波瑠も、お好み焼きを食べたの？」

前のめりになって問うと、咲良は「いえ。食べてません」と断言した。ほっとして、時生は質問を重ねた。

「龍磨くんが出かけて戻るまで、何分ぐらいかかった？」

「三十分ぐらいかな。お兄ちゃんに『フードが甘いものばっかりだから』って頼まれて、買いに行ったんです」

「そう。龍磨くんは、律くんに言われてお好み焼きを買いに出かけた。で、三十分ぐらい後にお好み焼きを食べて間もなく倒れた。間違いない？」

手応えを覚え、さらに前のめりになって確認する。咲良は「間違いないです」と頷いた。

礼を言い、住吉家を出た。エレベーターに乗り、マンションを出る道々、時生は咲良に聞いた話を南雲に伝えた。話を聞き終え、セダンの前まで戻ると南雲は言った。

「ああ、あのお好み焼きね。確かにおいしかった。惜しむらくは、冷めてたところかな」

「それもつまみ食いしたんですか⁉　食い意地が張りすぎでしょう」

セダンのドアを開ける手を止め、時生は声を上げた。「つまみ食いじゃなく、試食」と訂正して助手席に乗り込み、南雲は続けた。

「でも、僕の食い意地のお陰で一つわかったじゃない。あのお好み焼きは、シロ。MDMAはもちろん、薬物毒物の類《たぐ》いは仕込まれていなかったよ」

「そうですけど……とにかく、龍磨は買い物に出た三十分の間にMDMAを摂取した可能性が高い。問題は、いつどこでMDMAを入手したかですね。でも、買い物に行かせたのが律っていうのも引っかかるんだよなあ」

最後は独り言のように呟き、時生も運転席に乗り込む。スケッチブックを膝に載せ、シートベルトを締めながら南雲が返した。

「とにかく、考えてないで動こうよ。『ラップトップで、ロックンロールは創れない』とも言うし」

「はあ。いつものダ・ヴィンチの名言ですか?」

「いや。リアム・ギャラガー」

あっさり返され、時生は脱力する。

「オアシスの? なんでいきなり」

「さっき話題に出たから。一四五二年生まれのダ・ヴィンチの名言に、ロックンロールが出て来るはずないでしょ。ラップトップだってノートパソコンのことだし。そもそも」

南雲が語りだしたので、時生は「はいはい」と受け流してセダンのエンジンをかけた。

7

「見つけた。多分これだよ」

スマホの画面に目を落とし、南雲が言った。セダンのハンドルを握りながら、時生は訊ねた。

「どんな感じですか?」

「いい感じだよ。名前は『円月《えんげつ》』で、グルメサイトの評価は星《ほし》四つ」

目を輝かせて返され、時生は「違うでしょ」と眉をひそめた。

「僕はサニーの公式サイトを調べてと頼んだんですよ。円月って、龍磨が行ったお好み焼き店ですか?」

「うん。カフェ　キャラウェイの近くだし、間違いない……サニーのサイトも見たけど、至って普通だよ」

平然と答え、南雲はスマホを操作して突き出した。時生はセダンを路肩に寄せて停め、スマホを受け取った。住吉家を出て、カフェ　キャラウェイのある繁華街に向かっている。

スマホの画面には、柔らかな日射しに照らされたテーブルと椅子の写真と、「みんなの居場所　SUNNY」の文字が表示されていた。その下には「ご挨拶」とあり、律のプロフィールが顔写真付きで記されている。さらに中高生の勉強、恋愛、いじめ等の相談に乗るとメールフォーム付きで記され、メンバー登録をすると、チャットやビデオ通話で相談ができるともあった。ざっと目を通して南雲にスマホを返し、前に向き直った。

「確かに普通ですね。無料で、必要な場合は専門家への相談を勧めると明記されているし。強いて言えば、メンバー登録をする際に個人情報の入力が必要なのが気になるかな」

「あっそう。円月に行くなら、その信号を右だよ」

南雲が指示し、時生はセダンを出した。

二十分ほどで繁華街に着いた。南雲の案内に従って進み、目的地の手前でセダンを停めた。小さなビルの一階で、通りに面した横長の窓の奥に大きな鉄板が設えられ、その向こうに立つ若い男が、お好み焼きを焼いている。窓の脇にはメニューの看板が取り付けられ、窓の上の庇テントには、「お好み焼き・焼きそば　円月」と筆文字で記されていた。南雲が言った通り、カフェ キャラウェイはここから徒歩五分ほどだ。

「テイクアウト専門で、夜中の一時まで営業してるんだって。一番人気はミックス玉《だま》にミニ焼きそばが付いた『まんぞくセット』、五百円」

「『安いな』と思うでしょ？　でも、お好み焼きや焼きそばの原価って百円ちょっとですよ。だから僕は買わないで作るって決めてますけど、部屋にソースの匂いが充満して二日ぐらい消えないんですよね。前に『この匂いをおかずに、ご飯を食べようか』って言ったら、家族の顰蹙《ひんしゅく》を買いました」

そう時生が語ると、南雲は「美しくない」と眉をひそめた。

「食はエンターテインメントだよ。味や値段だけじゃなく、口に入るまでにどう楽しめたかも評価しなきゃ。たとえば屋台やオープンキッチンのお店なら、調理のライブ感や、できたてをいただくカタルシス……あそこのお客さんだって、楽しんでるはずだよ」

南雲も語り、フロントガラス越しに円月を見る。時生が倣うと、窓の前には四、五人の客が並んでいた。カップルや家族連れの他に、近くの店の従業員と思しき人もいる。日曜日の昼近くということもあるが、なかなかの繁盛ぶりだ。

と、列の先頭の客が店を離れた。深緑色のジャージ姿の若い男性で、買ったものが入っているらしい白いレジ袋を手にしている。店の脇に停めた原付バイクに歩み寄る男性を見て、南雲が言った。

「わざわざ練馬《ねりま》から？　そんなにおいしいんだ」

「南雲さん、昨日つまみ食いしたでしょ。さっき『おいしかった』って言ったじゃないですか」

突っ込んで時生も目をやると、確かに原付バイクのナンバープレートには「練馬区」とあった。男性は原付バイクで走り去り、南雲はシートベルトを外した。

「こうしちゃいられない。行くよ」

そう呟くやいなやドアを開けて降車し、円月に駆け寄る。「ちょっと」と、時生も急いで後を追った。

列に並ぶこと、約五分。時生たちの番になり、窓の前に進み出た。鉄板の前の男と、その隣に立つレジ担当らしきもう一人の若い男が、「いらっしゃい！」と声をかけてきた。どちらも頭に白いタオルを頭巾のように巻き、色柄違いの半袖のTシャツを着ている。鉄板の上のお好み焼きと焼きそばからは、ソースの香りをはらんだ湯気が立ち上っていた。後ろに人がいないのを確認した時生だが、休みを取った身なのでポケットから警察手帳を出すか出すまいか迷う。その矢先、

「まんぞくセットを二つ下さい。一つは焼きそば大盛りで」

と隣で南雲が言い、窓の奥に身を乗り出した。時生はとっさに「じゃなくて」と訂正し、警察手帳を出して掲げた。

「お仕事中すみません。伺いたいことがあります」

店員の男たちは驚いた顔になり、レジ担当の方が答えた。

「僕らはバイトで――店長!」

後ろを向いて声をかけると、店の奥から女が出て来た。こちらも若く、二十代前半だろう。頭の白いタオルは男たちと一緒だが度の強いメガネをかけ、身につけているTシャツは長袖だ。仕込み中だったのか、胸と手に白い粉が付いている。時生が改めて警察手帳を見せ、話を聞きたいと告げると、「ちょっと待って下さい」と応えて引っ込んだ。すぐに窓の脇のドアが開き、タオルを外して手を洗った女が出て来た。

「店長の諏訪部《すわべ》穂波《ほなみ》です」

ぼそぼそと名乗り、会釈する。小柄で、長い髪を頭の後ろで束ねている。時生は「この人をご存じですか?」とスマホを見せた。表示されているのは龍磨の笑顔の写真で、彼のSNSにアップされていたものだ。厚いレンズの奥の小さな目で、諏訪部は写真を眺めた。南雲は窓の前に立ち、バイトの男たちと何やら話している。首を傾げ、諏訪部は答えた。

「ちょっとわからないですね」

「こちらに何度か来ていて、昨日の十時過ぎにも、お好み焼きを買いに来たはずです」

咲良は、龍磨は「これ、おいしいんだよ」と言ってお好み焼きを食べたと話していた。ならば龍磨は、昨日以前にも同じ店でお好み焼きを買ったはずだ。頭の中でそう確認しながら時生は問うたが、諏訪部は「常連さんはいますけど、この人は覚えていないですね」と返し、「すみません」と頭を下げた。

「わかりました。では、この人はどうですか？」

スマホを操作し、時生は律の写真も見せた。サニーのサイトからコピーしたものだ。が、諏訪部の返事は「わかりません」だった。「そうですか。ありがとうございました」と会釈した後、時生は笑って最後の質問を投げかけた。

「秋でも厨房は暑いでしょうに、長袖ですか。申し訳ありませんが、袖を捲っていただけますか？」

ひと目見た時から、抱いていた疑問だ。龍磨が摂取していたのはＭＤＭＡだが、売人は覚醒剤や大麻など複数の違法薬物を扱うことが多く、自らが依存症である可能性も高い。

「はあ」と怪訝そうに応えた諏訪部だったが、小さな手でＴシャツの両袖を肘の上まで引っ張り上げた。左右どちらの腕も白く綺麗で、肘の内側やその周辺に注射痕はない。

「これでいいですか？」

と、やや不本意そうに訊き返す諏訪部に時生は、「はい。失礼しました」と丁寧に頭を下げた。バイトの二人にも龍磨と律の写真を見せたが、見覚えがないと言われ、時生は礼を言って南雲と円月を後にした。

「近くに別のお好み焼き店があるのかもしれませんね。あるいは、他の飲食店でお好み焼きも売っているとか？」

そう問いかけ、時生はセダンに戻ろうとした。しかし南雲は、

「飲み物を買っていい？　あと、食後のデザートも」

とハイテンションで問い返し、通りを歩きだした。円月と隣り合うビルの一階にはキャバクラが入っていて、その隣は大手チェーンのコンビニだ。片手にスケッチブック、もう片方の手にまんぞくセットが二つ入ったレジ袋を提げた南雲はガラスのドアに駆け寄り、コンビニに入った。仕方なく、時生も南雲に続く。

南雲はプラスチック製のカゴを提げ、いそいそと飲み物コーナーに向かった。その姿に呆れつつ、時生はレジカウンターに歩み寄る。今度は迷わずに警察手帳を出し、龍磨の写真と一緒にレジカウンターの向こうに立つ年配の女性に見せた。女性は「どれどれ」と呟き、差し出されたスマホの画面を覗いた。白髪頭にスカイブルーのユニフォーム姿で、恐らくこの店のオーナーだろう。

「この子なら、知ってるわよ」

「本当ですか？」

驚きつつ時生が問うと、女性は「本当よ」と返して顔をしかめた。

「十日に一度ぐらい来て、飲み物やお菓子を買って行くの。でも、なかなかトイレから出て来なかったり、酔っ払ってお店の前に座り込んだりして迷惑なのよ」

「来る時は一人ですか？　時間は？」

「いつも一人よ。午前中に来ることもあれば、午後の二時とか三時に来る時もあるわね。バイトの子の話じゃ、夜中に来ることもあるみたい」

「昨日は？　午前十時半くらいに来ませんでしたか？　あと、この人も見たことないですか？」

続けて問いかけ、律の写真も見せる。しかし女性は、首を横に振った。

「見たことないわね。それと、昨日は私、休みだったのよ」

「そうですか」と返し、時生が次の質問を考えていると、南雲が隣に来た。お茶やジュース、プリン、シュークリームなどが入ったカゴをカウンターに置き、女性に微笑みかける。

「どうも。ちなみに最初の写真の男性が、通りのどっちから来てここに入って来ているかわかりますか？」

面食らったように南雲を見返した女性だが、時生が「彼も警察官です」と告げると、納得したように答えた。

「ええ。ここにいても外は見えるから。でも、毎回確認してる訳じゃないわよ」

「構いません。どっちですか？」

時生も問うと、女性は店の前の通りを見て片手を上げ、「あっち」と指した。それは、少し前に時生と南雲が歩いて来た方向だった。「ふうん」という南雲の呟き声が、時生の耳に届いた。

時生は礼を言い、南雲は会計を済ませてコンビニを出た。

「龍磨はこの近辺でMDMAを入手し、今のコンビニで買った飲み物で錠剤を飲んでいたんじゃないでしょうか。オーナーの女性の『酔っ払って』は、MDMAのせいで酩酊状態になっていたのかも。龍磨が歩いて来た方向からすると、怪しいのは円月なんだけど、店長は彼を覚えていないと言ってましたよね」

通りを戻りながら円月に目をやり、時生は言った。隣の南雲は脇の下にスケッチブックを挟んで両手に円月とコンビニのレジ袋を提げ、上機嫌で返した。

「とにかくランチにしよう。温かいものは温かいうち、冷たいものは冷たいうちにいただくのが、料理とそれを作った人への礼儀だよ」

そして「カギ開けて、カギ」と時生を促し、通りの先のセダンに駆け寄った。

8

車内で昼食を済ませ、時生たちは再び繁華街に出た。正午を過ぎて人が増えた通りを進み、カフェ キャラウェイに向かう。昨日のイベントについて律が、「オーナーさんの厚意で、フードとドリンクの代金しか払っていません」と話していたのを思い出したからだ。

エレベーターで二階に上がり、カフェ キャラウェイに入った。明るく開放感のある雰囲気は昨日と同じだが、フロアにはテーブルと椅子が並び、若者や家族連れで賑わっていた。

「いらっしゃいませ。二名様ですか?」

手前のレジカウンターの中から、店員の男性が出て来た。バイトなのか明らかに十代で、白いシャツを着て腰に黒いエプロンを付けている。時生が警察手帳を見せ、オーナーに会いたいと告げると、男性は「少々お待ち下さい」と返してレジカウンターに戻った。他の店員に勧められ、時生たちはドアに近いテーブルに着く。

時生がコーヒー、南雲はカフェラテを飲みながら待つこと二十分。店に男が入って来た。歳は二十代後半。ポロシャツにチノパン姿で、脇に黒革のクラッチバッグを抱えている。レジの男性店員が「あちらです」と示すと、男は時生たちのテーブルに歩み寄って来た。

「オーナーの杉澤《すぎさわ》です。お待たせしてすみません」

「いえ。日曜日に申し訳ありません。昨日、こちらで事件があったのはご存じですよね」

「ええ。男の子が倒れて、救急車で運ばれたんですよね。昨日は知り合いの若い子のイベントに店を貸していたんですが、後から聞いて驚きました」

時生たちのテーブルに着き、杉澤は答えた。精悍な顔立ちで、体も引き締まっている。

「知り合いというのは、住吉律くんですね。失礼ですが、どういうご関係ですか？」

「律くんはサニーという子どもの相談に乗るサークルを主宰していて、僕はその活動を支援しています。僕はもともと昨日倒れた龍磨くんと知り合いで、律くんを紹介されたんです。うちは昔からこの街で不動産業や飲食業をやっていて、福祉活動に協力しています」

つまり、金持ちのお坊ちゃまか。「なるほど」と相づちを打ちつつ、時生は杉澤のポロシャツとクラッチバッグに高級ブランドのロゴが入っているのに気づいた。

「律くんと龍磨くんは、どんな若者ですか？」

「いい子ですよ。二人とも、真剣に子どもたちの力になりたいと考えています。真面目でナイーブな律くんを、朗らかでフットワークも軽い龍磨くんがフォローしてる感じで……龍磨くんの具合はどうですか？　まだ意識が戻らないんでしょうか」

後半は心配そうに、杉澤が問う。時生が「治療中です」と濁すと、南雲が口を開いた。

「ひょっとして、このお店も福祉活動の一環？　スタッフがすごく若いですよね。ラテの味からして、厨房のスタッフも経験が浅いはず」

「何か問題がありましたか？　でしたら、申し訳ありません」

そう言って頭を下げた杉澤に、南雲はしれっと「気にしないで。僕の舌が肥《こ》えすぎなんです」と返す。ぽかんとした杉澤を時生が、「すみません。それで？」と促した。

「おっしゃる通りです。僕は、いじめや非行などでドロップアウトした若者の支援をしています。この店で働くことが、自立や更生に繋がればと——そうだ。うちにもサニーのメンバーがいますよ。呼びましょうか?」

「お願いします」

時生が即答すると、杉澤は振り向いてレジの男性店員を手招きした。やって来た男性店員を、「熊切翼《くまきりつばさ》くん、十七歳です」と紹介する。会釈した熊切に、時生は訊ねた。

「サニーのメンバーなの? 律くんや龍磨くんに、相談に乗ってもらったことはある?」

「はい。僕は通信制の高校に通っていて、勉強を教わっています。律くんは教え方がすごく巧いし、メンバーもいい人ばっかりです」

まだあどけなさの残る顔をほころばせ、答える。「そう」と返し、時生はさらに問うた。

「でも、あれは困ったとか、ここはイヤだなと思ったことはない? 些細なことや、他のメンバーの話でもいいんだ。迷惑はかけないから」

「う~ん……僕じゃないけど、メンバー登録してからスパムメールが増えたって話を聞いたことがあります。アダルトサイトに誘導されて、お金を請求されたってメンバーもいるとか。律くんは、『サイトがウイルス感染してる可能性があるから、チェックする』と言ってくれましたけど」

「そうなんだ」と応えて時生が頭を巡らしかけた矢先、杉澤が笑った。

「そのメンバーって、熊切くんなんじゃないの？　スケベ心でつい、とか」

「違いますよ」と憤慨して見せ、熊切も笑う。和やかな空気が流れ、時生も笑顔になった。

9

引き戸を開けるなり、正面に並んだ背中が目に入った。ほとんどが中年男性のもので、丸椅子に座り、カウンターに着いている。その向こうの厨房から、捩《ねじ》りはちまきの男が「いらっしゃい」と声をかけてきた。

「小暮くん。こっち！」

そう呼ばれて横を向くと、奥のテーブル席で野中が手を振っていた。時生はテーブルに歩み寄り、空いた椅子にバッグを置いた。

「もう出来上がってるし。まだ六時前だよ」

テーブルに置かれたつまみの皿と焼酎のボトルに呆れつつ、椅子を引いて座る。焼酎のお湯割りと思しき液体の入ったグラスを手に、野中は返した。

「うるさい。日曜日だってのに一日働いたんだから、いいの。そっちこそ、私に呼び出されてほっとしたクセに。『波瑠の件があるし、早く帰らなきゃ。でも気が重い』って、モヤモヤしてたんでしょ」

「勝手に心理分析するなよ……まあ、その通りだけど」

ぼやきながらネクタイを緩め、時生はおしぼりや割り箸などを運んで来た店員にビールを注文した。野中は、パンツスーツにロックTシャツというものスタイルだ。

カフェ キャラウェイを出た後、繁華街で聞き込みをした。結果、クラブやバー、焼肉店などで町山龍磨が常連、またはたまに来るという証言が得られ、「陽気で金払いもいいけど、うるさい」「テンションがヤバい」と話す店員もいた。明らかにMDMAの影響と思われるが、入手経路の手がかりは得られなかった。すると午後五時過ぎに野中から連絡があり、会おうという話になった。誘うまでもなく、南雲は「車は僕が署に返しておくよ。琴音ちゃんによろしく」とセダンで走り去り、時生は電車で有楽町《ゆうらくちょう》の裏通りにあるこの居酒屋に向かった。ここには本庁の特別捜査本部にいた頃、よく野中と来た。

運ばれて来たビールを飲んでつまみも食べながら、時生は龍磨の事件の状況を説明した。それを聞き終えると、野中は言った。

「つまり、律って子とサニーのメンバーが薬物に関わってる可能性は低いってことね。よかったじゃん。龍磨って子もじきに意識が戻るだろうし、後はセイアンに任せれば？」

「でも、律も信用しきれないんだよ。龍磨にお好み焼きを買いに行かせたのは彼だし、熊切くんって子の、メンバー登録したらスパムメールが増えたって話も気になる」

「スパムメールなんて、私のスマホにも毎日のように届くわよ。それに、なんとかいうお好み焼き店の店長は、律と龍磨を見たことがないって言ったんでしょ?」

野中が問う。説明を聞く間にも焼酎を飲み続けていたので、呂律《ろれつ》が怪しい。「なんとかじゃなく、円月ね」と訂正し、時生は答えた。

「でもコンビニのオーナーは龍磨を覚えてたし、彼が歩いて来たって方向には円月がある。あの周辺に他にお好み焼きを売っている店はなかったし、円月の店長とバイトがウソをついているのかも」

「けど、店長は地味な感じの人なんでしょ? それに行列ができるほどの人気店なら、違法薬物の売買に関わる必要もないし。杉澤って実業家はどうなの?」

「杉澤友正《ともまさ》、二十七歳。実業家っていうか、地主のお坊ちゃまだね。聞き込みしたけど、福祉活動だけじゃなく、地域活動やボランティアにも熱心で評判は上々。加えて、杉澤の奥さんもお嬢様で、子ども二人は小学校から私立だって」

ため息交じりに告げ、時生は二杯目のビールを飲んだ。と、乾きかけた刺身を頬張りながら、野中が笑った。

「子どもの話をしたついでに、自分ちの状況を思い出したでしょ? で、胸がずんと重くなった」

「だから、心理分析はやめろって。しょっちゅう半休を取るクセに、こういう時だけ仕事熱心なんだから」

「大きなお世話。それに、今日はカウンセリングをするつもりで呼び出したの。昨夜、仁美ちゃんと電話で話したんだけど、小暮くんを心配してたわよ」

「僕?　波瑠じゃなくて?」

怪訝に思い訊ねた時生を呆れたように見て、野中は続けた。

「小暮くんの、リプロマーダーの夢を見てはベッドから落ちる症状。仁美ちゃんによると、三カ月ぐらい前からひどくなったそうよ。だから波瑠ちゃんの異変に気づいても、小暮くんに話せなかったんだって。『疲れた顔をしてるし、症状がもっとひどくなったらどうしようと思った』って言ってた。彼女も悩んでたのよ」

あれもこれも、悪いのは僕か。昨日仁美に聞いた、波瑠が律たちと付き合うようになったいきさつを思い出し、胸が痛む。とたんに、テーブルの下で脛《すね》を蹴られた。「いてっ!何するんだよ」と向かいを睨むと、野中も声を大きくした。

「はい、自分を責めない。責めても答えは出ないし、他にやるべきことがあるでしょ……でもまあ、気持ちはわかるけどね。私も経験あるから」

後半はトーンダウンし、箸をテーブルに戻す。それに面食らい、時生は「そうなんだ」と返した。

「うちの親は仲が悪くて、しょっちゅうケンカしてたのよ。で、父親も母親もいつも不機嫌で、私は子どもの頃、成績とか生活態度とか、何かっていうと叱られた。いま思えば八つ当たりで、とんでもない親なんだけど、私も必死だったから。自分がちゃんとすれば、親も仲良くしてくれると思い込んで、がんばっちゃった。結局、親は離婚したけどね」

縁が赤らんだ目を伏せて一気に語り、野中はグラスを口に運んだ。上手い言葉が浮かばず、時生は「そうなんだ」と繰り返す。

野中が福岡の母子家庭で育ったというのは、知り合って間もなく聞いた。しかし野中はそれ以上のことは語らず、時生も訊ねなかった。なぜ急にと戸惑う一方、こんな深い話をするほど、野中は自分を心配してくれているのかと、ありがたくも思う。が、野中はグラスをテーブルに置き、話を戻した。

「三カ月前って、南雲さんとコンビを再結成した頃よね。やっぱり、十二年前にリプロマーダーに襲われた一件は、南雲さんと関係してるの？」

「いや」と返しかけて逡巡し、時生はこう答えた。

「野中さん。僕はね、『なんで？』って気持ちが消えないんだよ。リプロマーダーに襲われて無事だった人間は、たぶん僕だけだ。じゃあなぜ、やつは僕を殺さなかったのか？やろうと思えばできたし、あのとき明確な殺意も感じた。でも、やつは途中で手を止めて立ち去ったんだ」

十二年のあいだ抱えてきたものの、ほんの一部。しかし本当の気持ちで、野中の友情に応えたいと言葉にした。驚き、「それは」と返しかけた野中を遮り、時生はさらに言った。

「十二年経った今でも、自分の命がやつに握られてる気がするんだ。実はやつはすぐそばにいて、僕をじっと見ているのかもしれない」

頭の中であの夜の出来事が再生され、そこに南雲の顔が重なる。同時に、ある香りの記憶も蘇った。クセはあるが、甘みと爽やかさもあるそれは、パインオイル。十二年前のあの夜にリプロマーダーから漂い、また当時、アロマオイルに凝っていた南雲が漂わせていた香りでもある。そしてその事実をきっかけに、時生は南雲を疑い始めた。

「小暮くん」

呼びかけられ、はっとして向かいを見ると、野中も時生を見ていた。

「『やつはすぐそばにいて』って、もしかして」

そこまで言い、野中は言葉を切った。大きな目には驚きと戸惑い、さらに怯えの色も浮かんでいる。違和感を覚え、時生は口を開こうとした。が、一瞬早く、野中はこう続けた。

「何でもない。それより、私の質問に答えてないわよ。ごまかしたわね?」

強気で断定的な口調は、いつも通りだ。拍子抜けしながら時生が「人聞きの悪いこと言うなよ」と憤慨すると、野中は顔を上げて笑った。小さな口から、上の二本がやや大きめの白い前歯が覗いた。

10

その後、時生が帰宅したのは午後十時前だった。小声で「ただいま」と告げ、玄関に入った。いつも通りドアは施錠されていなかったが、今となっては些細なことだ。

廊下からダイニングキッチンに入ると、奥のリビングに仁美がいた。スウェット姿でソファの定位置に座り、スマホを手にしている。首を回し、時生を見た。

「お帰り。琴音ちゃんと飲んでたんでしょ。さっき連絡があったよ」

責めるような口調ではないので、野中が上手く説明してくれたのだろう。またありがたく思いつつ、時生は「うん。子どもたちは？」と問うた。

「絵理奈たちと有人は寝た。波瑠は部屋に閉じこもったままだけど、ご飯の時はちゃんと下りて来る」

「わかった。ありがとう」

そう返し、時生は壁際のソファに座った。バッグをローテーブルに置き、言う。

「野中さんから、姉ちゃんが波瑠の様子が変わったのを黙ってた理由を聞いたよ。僕が思うよりずっと、姉ちゃんは僕のこと考えてくれてたんだね。板挟みになって辛かっただろうし、ごめん」

帰路、ずっと頭の中で繰り返していた言葉をそのまま伝えた。驚いたように、仁美が首を横に振る。

「謝ることない。どう考えたって、悪いのは私でしょ。離婚した時、家事と子どもたちの世話を引き受けるって条件で、ここに拾ってもらったんだもん」

「拾うって、犬や猫じゃないんだから。家族だろ」

「そうだけど、居候《いそうろう》には変わりないでしょ。だから私も、がんばろうとしたのよ。でも何かしようとすると、子どもたちに『ママのやり方と違う』『ママはそんな風に言わなかった』って指摘されちゃって。それで気が引けたっていうか、あんまり手を出さない方がいいのかなって思ったの」

最後はしゅんとして語り、仁美は俯いた。

適当かつ、ずぼらな仁美だが、昔から人の気持ちに敏感で影響を受けやすくもあった。そして思い詰めた挙げ句、全部放り出して逃げるか、ふて寝するかの二パターンで、離婚した時は前者だった。

そうだったのかと腑に落ちた時生だが、仁美とソファでふざけたり、ゲームで対決したり、入浴中に歌を唄ったりしている時の波瑠や有人、絵理奈と香里奈の笑顔とはしゃぎ声が蘇り、胸が揺れた。息をつき、改めて仁美を見る。

「わかった。僕たち、もっと話さなきゃダメだね。姉ちゃんが僕を心配してくれてるように、僕だって姉ちゃんが心配なんだ。それに姉ちゃんは『がんばろうとした』じゃなく、今もがんばってくれてるよ。子どもたちの笑顔が、その証拠。今回の件は、僕と波瑠で解決しなきゃいけないんだ。押しつけてごめん」
　最後に頭を下げると、仁美は「だから、謝ることないって」と言ってから、
「とにかく、波瑠と話しなさい」
　と、急に姉らしい顔になって告げ、時生の肩をぽんと叩いた。それで気持ちが決まり、
時生は頷いた。
「そうするよ……確認だけど、昨日以降、波瑠は律くんや咲良ちゃんと連絡を取り合って
ないね？」
「そのはずよ。スマホは取り上げたままだし、固定電話も私が見張ってる。時生の部屋の
パソコンだって、パスワードを設定してるから使えないでしょ？」
「うん。ちなみに、スマホはどこに隠してるの？」
　声のトーンを落として問うと、仁美は「冷蔵庫の中」と即答した。
「ベタ過ぎだし、壊れたらどうするんだよ」
　時生は抗議したが、仁美は「大丈夫。ちゃんとタオルでくるんで、ジップバッグに入れ
たし」と返し、立ち上がってキッチンに向かった。時生も続くと、冷蔵庫に歩み寄り扉を
開けた仁美が振り返った。

「やだ。スマホがなくなってる！」

「言わんこっちゃない。バレバレなんだよ」

脱力してから我に返り、時生は「行かなきゃ」と言ってキッチンを出た。階段を上がって、波瑠の部屋の前に急ぐ。ノックをしようとした矢先、ドアの向こうから「だから、律くんは」という声が聞こえた。気づくと、時生はノブを摑んでドアを開けていた。

家具や雑貨がパステルカラーで統一された部屋の奥に、波瑠がいた。ベッドに腰かけ、スマホを顔の前に掲げている。時生と目が合うなり、スマホを体の後ろに隠した。部屋に入り、時生は手を差し出した。

「スマホ禁止だって言ったよね？　渡しなさい」

「いきなりなに？　ノックしてよ」

眼差しと口調を尖らせ、波瑠が問い返す。長袖のカットソーにスウェットパンツ姿だ。

「電話の相手は、律くん？　パパに代わりなさい」

不信感と怒り、ショックを覚えながら命じ、時生はベッドに歩み寄った。時生をきっと見上げ、波瑠は話を変えた。

「今日、律くんと咲良ちゃんの家に行ったでしょ？　で、カフェ　キャラウェイでオーナーさんや熊切くんからも話を聞いた。なんで？　昨日、私が悪いことはしてないって言ったじゃん」

「それはわかってるし、波瑠のことは信じてるよ。でも薬物が関わってる以上、犯罪なんだ。誰が悪いのかを突き止めないと、また昨日みたいな事件が起きるし、波瑠を守れない」

心を込め、伝えたつもりだ。しかし波瑠は顔をしかめ、そっぽを向いた。言葉を続けようとした時生を遮り、こう言い放った。

「キモいし、寒いんですけど。ていうか、守れてないし」

十二年前の一件のことだと察し、時生は動揺した。だが本音をぶつけ合うチャンスだとも思い、差し出し続けていた手を下ろした。

「パパの仕事のことで、辛い思いをしてたんだってね。気づいてあげられなかったのは、申し訳なかったと思う。でもパパは刑事の仕事に誇りを持ってるし、後ろめたいことは何もないよ。十二年前に容疑者を取り逃がした件もそう。同じ失敗は二度としないし、そんな自分にしかできないことをやろうと決めた。必ずやり遂げて、波瑠にパパの仕事を誇りに思ってもらえるようにするから」

「やり遂げるって、何を?」

顔を前に戻し、波瑠は問うた。そのまっすぐな眼差しに、時生は抱えているものを伝えたくなる。しかし思い留まり、答えた。

「ごめん。それは話せないんだ」

「何それ。ごまかしてるだけじゃん」

苛立ったように言い、波瑠はまた険しい顔になった。首を横に振り、時生は返した。

「そうじゃない。話せる時が来たら話すから、待って欲しいんだ。それより、波瑠は十二年前のことをどうやって知ったの？　誰かに聞いたんじゃない？　ひょっとして——」

「律くんだと思ってるなら、違うよ。咲良ちゃんでも、龍磨くんでもない。でもパパは信じないし、またこそこそ調べるんでしょ」

「信じたいから、調べるんだよ。世の中には、言ってることとやってることが違う人がいるんだ。そういう人は必ずルールを破って、誰かを傷付ける。警察っていうのは」

「もういい！　結局説教じゃん。パパは私の話なんか、聞く気ないんだよ」

語気を荒らげ、波瑠が立ち上がった。スマホを手に時生の脇を抜け、部屋を出て行こうとする。その手を摑み、時生は告げた。

「待ちなさい。スマホを渡して。律くんに話がある」

「放して！　相手は律くんじゃないし」

そう応え、波瑠は腕を上げて時生の手を引き剝がそうとした。「じゃあ、誰？」と問いかけ、時生はもう片方の手でも波瑠の腕を摑もうとした。と、その時、

「私よ！」

と女の声がした。それが誰の声か瞬時に気づき、時生は動きを止めた。

「波瑠。いいから、パパにスマホを渡して」

また女が言う。時生の手を振り払い、波瑠はスマホの画面に向かって「でも」と返した。すると女は「言うとおりにしなさい」と命じ、波瑠は嫌々ながらも時生にスマホを渡した。その画面にはビデオ電話のアプリが開かれ、ショートボブヘアの女が映っている。

「史緒里」

そう呼びかけるのは二年ぶりで、少し声がかすれた。一方、史緒里は穏やかに「久しぶり」と返し、口の端を上げた。丸く小作りな顔はほぼすっぴんで、たっぷりとした白いシャツ姿でソファに座っている。後ろには明かりを点したスタンドライトと、背表紙が英語の本が並んだ棚が見える。

驚き、混乱もした時生だが、「専門家に頼る前にやることがあるんじゃない?」「こういう時こそ、母親の出番でしょ」という野中の言葉を思い出し、気持ちを落ち着ける。「もう寝なさい」と波瑠に告げ、部屋を出て斜め向かいの自室に移動した。明かりを点けて奥の仕事机の前に行き、椅子を引いて座る。呼吸を整えてから、下ろしていたスマホを顔の前に掲げた。

「お待たせ。そっちは何時?」

「もうすぐ朝の六時半。でも、サマータイム中だから」

サマータイム? 時計を何時間か繰り上げるんだっけ? 疑問は浮かんだがそれどころ

ではなく、話を始めた。

「元気そうだね。でも、僕には『電話もメールも一切寄こさないで』って言ったのに、波瑠とはやり取りしてたの？　ひょっとして、有人や絵理奈たちとも？」

「違う。波瑠だけよ。放っておけなくて」

そう返され、つい「放っておけなくて？　よく言うよ。だったら、なんで」と捲し立てかけたが、やめた。俯いた時生の頭に、記憶がフラッシュバックされる。

落ち込む自分を励まそうと語りかける史緒里の笑顔。隣で寝ていた時生が悪夢でベッドから落ち、驚いて飛び起きた史緒里の声。時生と史緒里が口論になり、ベビーベッドで泣く絵理奈と香里奈。その脇に怯えたように身を寄せ合って立つ、幼い有人と波瑠。すべて十二年前の事件後、小暮家で起きた出来事だ。

駆け出しの翻訳家だった史緒里と、警視庁に入庁したばかりの時生が出会ったのが十六年前。間もなく結婚し、波瑠が生まれてこの家で暮らし始めた頃、リプロマーダーの犯行が始まり、あの夜の事件が起きた。時生は前向きに生きようと努力し、有人と絵理奈たちを授かって悪夢が止んだこともあった。しかしそれは一時的なもので、追い詰められた時生の耳には、史緒里の慰めや励ましの声も入らなくなった。そんな状況が何年か続いた後、史緒里は「英語の勉強をし直すために留学する」と宣言し、唖然とし、引き留める時生と子どもたちを置いて、アメリカのシアトルに行ってしまった。離婚した仁美がこの家に転がり込んで来たのは、その直後だ。

「だから、それは」

力のない声で史緒里が言いかけた。顔を前に戻し、時生も言う。

「わかってる。史緒里も限界だったんだよね。本当は、僕が家を出るべきだったんだ」

「わかってない。あなたがそうやって――」

「今は僕らのことより、波瑠だよ。やり取りしてたなら、サニーってサークルや昨日の事件について聞いてるだろ？　何がどうなってるの？」

時生が畳みかけると、史緒里は顔を曇らせて息をつき、こう答えた。

「たぶん私も、あなたが聞いている以上のことは知らない」

史緒里がそう言うなら、そうなのだろう。ウソがつけないところと、おっとりしていながら一度決めたら引かない意志の強さが、時生が彼女に惹かれた最大の理由だ。時生以上に小柄で童顔で、友人たちから「子ども夫婦」とからかわれもした。

あてが外れて落胆したが、時生は質問を続けた。

「じゃあ、リプロマーダーを取り逃がしたのが僕だと波瑠に教えたのが誰かはわかる？　姉ちゃんはネットだって言うんだけど、僕は周りの人間に吹き込まれたと思うんだ」

「違う。私よ」

即答され、時生は「なに!?」と目を見開いた。史緒里が言う。

「三カ月ぐらい前、波瑠が『パパのうなされてベッドから落ちる症状が、ひどくなった。助けてあげて』って言ってきたの」

「症状のこと、波瑠は気づいてたの？」

「当たり前でしょ。あの子はクールなように見えるけど、好奇心旺盛で観察力も鋭い。誰に似たんだかって感じだけど……とにかく、『助けてあげて』って言われたから、『そうしたいけど、ママには無理なの』って応えたの。そうしたら、『なんで？』って訊かれて」

「だからって、どうして？　上手くはぐらかすとか、できただろ」

「いいえ。できません」

急に敬語になって口調を強め、史緒里は告げた。とっさに黙った時生に、さらに言う。

「成長して、あなたの様子がおかしいと気づきだしても、波瑠は何も訊いてこなかった。あなたの仕事について私から言い含められていたし、お姉ちゃんとしてしっかりしなきゃと考えたからよ。そんな波瑠が、初めて助けを求めてきたの。はぐらかすなんて、できると思う？」

問いかけられ、口を開いた時生だが何も返せなかった。そんな思いをさせていたのかと、波瑠への罪悪感に襲われ、後悔にかられもした。

「ねえ、何を抱え込んでるの？　あなたが話してくれなきゃ、波瑠だって何も話せないわよ。どんなことでも、私たちは受け止めるから」

穏やかだが、心からの言葉だとわかった。時生は胸が熱くなり、同時に大きな迷いを覚えた。しかし史緒里に返せたのは、

「ありがとう。ごめん」

という、十二年前の事件のあと、何度も口にしたのと同じ言葉だった。

11

何か言われた気がして、時生は隣を向いた。

「すみません。もう一度言ってもらえますか？」

すると、助手席の南雲も時生を見た。きょとんとした顔で、スマホを手にしている。

「生活安全課の落合くんからメッセージが届いた、って言ったんだよ。でもこれ、僕らの捜査へのグチと、僕が予約してあげたレストランのディナーへのお礼がごっちゃになってて、主旨がわからない……小暮くん、お疲れだね。何かあった？」

「いや、だから」

脱力して時生が言いかけると、南雲は「冗談。わかってるよ」と笑った。さらに脱力し、時生は顔を前に戻した。ここは龍磨の事件が起きた繁華街で、通りの先にはお好み焼き店の円月がある。時刻は午後七時前だ。

昨夜はあのあと間もなく、史緒里との通話を終えた。波瑠と話さなくてはと思ったが、夜も遅いのでベッドに入った。一睡もできずに夜が明け、朝の慌ただしさの中、ろくに話せないまま波瑠は登校し、時生も署に出勤した。

刑事課は今これといった事件を抱えていないので、時生は溜まった書類仕事を片付け、口実を作って生活安全課に行った。落合広夢にこれまでに得た情報を伝えると、「越権捜査ですよ。勘弁して下さい」と騒がれたが、セイアンとしては引き続き龍磨のMDMAの入手経路を調べ、律からも再度話を聞く予定だと教えてくれた。そこで時生たちは「繁華街をパトロールしたい」と刑事係長の藤野に申し出て、夕方になるのを待ってここに来た。

「ままならないものだよね。レオナルド・ダ・ヴィンチも『必要であればあるほど、拒まれるもの。それこそが忠告だ』と言ってるし」

独りごとのように言い、南雲はスケッチブックを抱えて黒いスラックスの脚を組んだ。波瑠のことを言ってるのか？　僕への励まし、あるいは慰めのつもり？　意外に思い、時生はまた隣を見た。しかし南雲はそれ以上は何も言わず、胸の内は読めない。気を取り直し、時生は話を変えた。

「今回の事件の関係者は、三人います。一人目は、町山龍磨《ヤマ》。この繁華街を遊び場にしていて、MDMAを常用。麻薬及び向精神薬取締法違反の被疑者ですが、意識が戻らないとクロと断定できません。二人目は住吉律。サニーの活動には真剣に取り組んでいるようですが、龍磨にお好み焼きを買いに行かせた件や、スパムメールの件など不審点があります。最後がお好み焼き店・円月の諏訪部穂波。バイトの二人を含め言動に不審点はなく、龍磨・律との繋がりも不明。しかし、二軒先にあるコンビニのオーナーの証言は無視できません」

「つまり三人とも怪しいけど、決め手に欠けるってこと？」

「ええ。もう一人、杉澤友正がいますけど、サニー以外にも複数の社会活動団体を援助していて、龍磨と知り合いというのも、彼の両親も含めた付き合いらしいので……やっぱり、サニーが怪しいんですよね。相談を隠れ蓑《みの》に薬物を売買してるんじゃないかと考えたんですけど、一昨日の検査はシロだったし、メンバー全員を調べる訳にもいかないし」

そう語り、時生はジャケットの胸の前で腕を組んだ。鬱陶しい前髪の律が頭に浮かび、そこにサニーの公式サイトの画像が重なる。

「ふうん。それなら、発想の転換が必要だね」

「なるほど。たとえば？」

「疑惑の三人への視点や位置づけを変えるとか。絵画なら、寄るか引くかだね。あとは筆遣い、モチーフ、構図などなど。どこに着目するかで、思いも寄らないビジョンが」

「すみません。余計わからなくなりました……とにかく、円月を見張りましょう」

どっと疲れるのを感じながら告げ、時生はフロントガラスの向こうを指した。店内と看